論創ノベルス

サンドリヨンの扉

Ronso Novels 010

高清水 涼

論創社

目次◎サンドリヨンの扉

プロローグ　運命の人

広瀬愛理がその映像を見たのは二月一日水曜日のことだった。

夕方のニュースの打ち合わせが終わった後だった。ディレクターの山路《やまじ》が面白いビデオがあるから見てみろと言う。どんなビデオですか。愛理は訊いたが、いいから見てくれよ、と言うだけで教えてくれなかった。

ビデオが再生された。夜間の路上だろう。女性が一人立っている。仁王立ちだ。ショートカットで黒のパンツスーツ。若い女性だ。画像は少し不鮮明だが目鼻立ちが整っている。異様なのは、足元に複数の男性が転がっていること。映像が終わった。十秒にも満たない短いものだった。

「何ですか。これ」愛理は訊いた。

「視聴者からの投稿だ。先週末、国分町《こくぶんちょう》で起きた喧嘩を映したものらしい」

「喧嘩ですか」啞然とする。「じゃあ、この女性が男たちを？」

「そうみたいだな」

苦笑いする。女性が男性を。しかも複数人。「やらせではないのですか」

「同じ場面と思われる投稿が他にもあった」

ビデオが映し出された。先ほどからは少し離れた位置で撮影している。別の撮影者のようだ。前後左右に男が四人、女性を取り囲むように立っている。皆女性より背が高くて太っている。ラガーマンのような体型だ。女性の正面に立つ男は、かなり怒っている顔だ。険悪な目付き。顎髭を生やしている。ひどく人相が悪い。まともな職業に就いているような人種には見えない。

カメラが一瞬横を向き、撮影者の周囲が映った。野次馬だろうか。七、八人いる。

「やれ！」男の怒号が響き、撮影者のカメラが女性に戻ったとき、男たち四人が路上に蹲《うずくま》っていた。女性は深くお辞儀をするように頭を下げた姿勢だが、両手は左右に開き、右足を真後ろに伸ばしている。一本足でバランスを取るような姿勢だ。山路が一時停止ボタンを押した。

「どうなったのでしょうか」

「肝心なシーンが映っていないが一瞬でやったのだろう」

「一瞬で四人を？　どうやって」

「見ろよ」山路は画面を指さした。「左右は、腹を拳で打ち、後ろには股間に蹴りを入れた。前の男には、顔面に頭突きをしたんだ」

「顔面に頭突き……」絶句する。そんなことをする女性がいるのか。

「つまり、四人を同時に殴った。だから一瞬なんだ」

「同時に殴って、そんなに威力があるものですか」

「これ見ろよ」

ビデオが再生された。路上でうごめく男たちを映している。山路はすぐにまた一時停止ボタンを押すと、画面を指さした。

「こいつは正面に立っていた男だ。顔面を押さえているが出血がすごい。おそらく鼻骨が折れたのだろう。こっちの腹を押さえている二人は横にいた男たちだ。それにほら、こいつは股間を押さえているだろ。女性の後ろにいた男だ。まったく動かない。相当の力で蹴られた証拠だ」

小首をかしげる。「視聴者投稿でしょ。鵜呑みにしていいのですか」

「続きがあるんだ」言いながら山路は再生を続けた。仁王立ちしている女性に向かい、怒号を上げながら数人の男たちが殺到した。手にしているのは棒、いや、金属バットのようだ。女性は先頭の男が横に払ったバットを無造作に左手で受け止め、同時に右手を男の喉に伸ばした。男は膝から崩れ落ちた。女性はその後ろの男たちに向けて、次々と右手を伸ばした。操《あやつ》り手《て》を失ったマリオネットのように男たちの肉体から力が抜けていく。三人が倒れこんだ。誰が言ったのかわからない、狂犬という呟きを最後に映像は途絶えた。

「あの女性は何をしたのですか」

「喉を突いたのさ」

「喉？」

「手早く確実に殺すときは喉を狙う。新選組の沖田総司がそうだ。無駄な斬り合いをせずに一瞬で喉を突いて死人の山を築いた。この女もそうだ。効率的に人を壊す術《すべ》を知っている。気づいたときは寒気がしたよ」

ぞっとする。「まさか、死んだ?」

「いや。さすがにそれはない。でも重傷だろうな」

身震いをした。「これ、どうする気ですか」

「面白ビデオの紹介コーナーに、恐怖のスクープ映像が視聴者から届きましたといって紹介したらどうだろうと思ったんだけど」

「だけど、何ですか」

「投稿者と連絡が取れない。ハンドルネームにブッシュとあるだけで連絡先が書いてなかった」

「ブッシュ? 藪ですか」真相は藪の中に、とでも言いたいのか。

「諦めきれないから県警に確認に行ったんだ」

「どうして警察に?」

「やられているのはどう見ても筋者だ。それに、映像が事実なら怪我人が出ているはずだろ」

「どうだったのですか?」

山路はこれでもかというくらい首を横に振った。

「事実ではなかった?」

「逆だ。事実だった。そこまではよかったのだが、この女性は捜査員らしい」

「警察官！」

「公務執行中の出来事。しかも顔が映っているから絶対に放送しないでくれと厳命された。上と相談したんだが、そういう事情なら仕方ないだろうということで、見送ることになった」

「それは残念でしたね」

「せっかくのスクープ映像なのにもったいないよ」山路は残念この上ないといった顔だ。

「狂犬という呟きが入っていましたね」

「やられた連中のことなのか、あの女性なのかはわからない。女性の所属と名前を訊いたけど、公務中の一点張りで教えてくれなかった」

「ヤクザを叩きのめす公務があるのですか」

「わからない。それに、いくら筋者でもよほどのことがなければ警官に手は出さないだろう」

「つまり、よほど腹に据えかねることがあった？」

「おそらく」

いったい何があったのだろう。愛理はその言葉を喉元で止めた。推測で話をしても仕方ない。

「じゃあ、狂犬というのはもしかしたら？」

どう受け取ったのかはわからない。山路は黙って頷いた。

「それにしても、警察官というのはあれほど強いものですか？」

「一般人に比べて強いことは確かだけど、あの強さは異常だ。俺も格闘技好きだからわかるけど、あの女性の強さは卓絶している。おそらく打撃系の格闘技。それも相当の腕前だ」

女性の顔を思い出す。不鮮明だが、きっちりとした目鼻立ちの女性だった。きれいな人だろう。

「いつか、お会いできるといいですね」愛理はにっこりと笑うと腰を上げた。


事務室のデスクについてすぐに内線電話が鳴った。出てみると報道部長の高野からだった。時間があるかと訊かれ、大丈夫だと答えると、部長室に来てくれという。

何の用事だろう。愛理が少しの緊張感を持って扉をノックすると、穏やかな笑顔で迎えた高野は応接セットのソファへと招いた。何かやらかしただろうか。構え気味に座った愛理だが、高野は仕事の話ではないという。じゃあ、なんですか。愛理は訊いた。

「今度の週末、食事に行かないか」

「お食事ですか」

改まって言うことだろうか。高野は五十代。渋くてかっこいいと一部の女子社員から人気があるが、愛理にとって恋愛の対象にはならない。それに、これまで高野から上司という視線以外で見られたこともなければ、自分に特別な好意を寄せているとも思えなかった。

愛理は小首を傾げながら、二人ですか、と訊き返した。

違うよ、と高野は手を振った。「三人だ」

「えっ？」

「僕の知り合いに君の大ファンという男性がいてね。一度食事できないかと相談を受けた。二人きりでは君も抵抗があるだろうから、僕が同伴するという条件で引き受けた」

「そういうことですか」

知らない人間と食事をする気にはなれない。断るのは簡単だが、穏やかなこの上司も、即答で却下ではさすがに気を悪くするだろう。何と言えばスマートだろうか。悩んだのは刹那。思いもしない言葉が口から出た。

「成功報酬はいかほどですか」

一瞬、唖然とした高野は、はじけるように笑った。

「それはひどいな」高野は、うんうんと頷いた。「ホテル五城の『ステーキ・竹に雀』は行ったことがあるかい？」

「一度だけあります」

最高級の仙台牛を出す店だ。典雅で重厚な内装と、仙台市街が一望できる抜群のロケーション。あのとき食べた仙台牛のステーキの美味しさは今も鮮やかに覚えている。ただし、値段も驚くほど高かった。

「つまり部長は、お肉が食べたくて部下を売り渡すと？」

愛理は横を向いて拗《す》ねる真似をした。高野は怒る素振りも見せない。

「なあに。二人でご馳走になると思えばいいさ」

「じゃあ、お食事だけして帰っても？」

「もちろん」

高野の飄々《ひょうひょう》とした態度に、行ってもいいかな、と愛理は思った。嫌なら帰ってもよさそうだし、高野も一緒なら面倒なことにはならないだろう。何より自腹ではめったに行けない店だ。

「わかりました。じゃあ、お肉を食べに行きます」

「おいおい、相手の名前も訊かないのかい」

「知っていますよ。仙台牛でしょ」

「君ってやつは……」

そう言いながら高野自身、教えるそぶりがない。それでいいと愛理は思った。

「目的は、お肉を食べることですから」

「向かいに座るのが誰でも構わないと？」

「もちろん」

「君らしいよ」高野はにやりと笑った。「一つだけいっておくと、僕は確信している。成功報酬は君からもらえるとね」

「私が？」人差し指を自分に向けながら愛理は首をかしげた。

「何も上げる気はありませんけど」

「君は私に一生感謝するだろう。これほど上司冥利につきることはないね」

その三日後、愛理は『竹に雀』の特別室で、その男性と初めて会った。高野と同じくらいの年配と思っていたが、ずっと若い。三十代くらい。背が高くて爽やかな二枚目だ。覇気のある顔。全身からただ者ではないオーラを醸《かも》している。そのくせ表情は温和で、物腰が柔らかい。

「初めまして広瀬さん。五城翔平《ごじょうしょうへい》と申します」

受け取った名刺を見て目を見張った。仙台駅前の老舗ホテルから、秋保《あきう》と松島で五つ星のホテルを展開する仙台では有名なホテル王・五城《ごじょう》グループの代表取締役ではないか。

社長さんですかと訊くと、「いわゆる馬鹿息子ですよ」と五城は手を振った。

「五城ホテルさんは嘉永三年の開業だそうだ」横から高野が言った。

「嘉永三年といわれてもピンときませんよね。西暦だと一八五〇年ですから、明治維新の少し前です。元は奥州街道沿いにあった旅籠でしてね。それが明治二十九年の仙台駅開業に伴って現在の場所に移転して開業したというわけです」

五城には金持ち特有の嫌味な言い方がまったくない。謙虚さを感じさせる口調だ。それに言葉が丁寧で、きちんと相手の目を見て話す。会話が巧みで飽きさせない。素敵な人だなと思った。

ステーキは美味しかったが、味はよく覚えていない。なぜなら、初めて見たその瞬間から愛理の目は五城に釘付けになってしまったからだ。

愛理の表情を見た高野は意味ありげに笑ってみせた。負けん気の強い部下が、しおらしくなったのがおかしくてたまらない。そんな顔だ。

　翌週の金曜日、同じ時間にこの店で会うことを約束して別れた。

　あのときは舞い上がっていたのかもしれない。愛理は努めて冷静に観察したが、結果は同じだった。とにかく五城は優しいのだ。それは愛理だけではなく、従業員たちに対しても同じだった。

　彼を見る従業員たちの視線は尊敬に溢れている。五城は上から目線の言い方や、高圧的な言動は一切しない。面と向かっての指摘もしなかった。

　あるとき新人らしきウエイトレスが他の客に対して些細なミスをした。お盆を客の鼻先に近づけて配膳をしたのだ。客は嫌な顔をしたが、常連客だったらしく、ことを荒立てるようなことはしなかった。五城は気づいていたが、その場では何も言わなかった。

「あのときはどうしたの？」

　翌週、愛理は訊いてみた。五城は何も言わなかったという。じゃあ注意しないのかと訊くと、そうじゃないと五城は首を振った。

「注意すればその場では理解できる。でも、それじゃ本人のためにはならない」

　わからない、そう思いながら愛理は首を捻った。

「つまり、同じことをしてみただけだよ。自分だったらどう感じるのか」

そういうことか。愛理は頷いた。

「教わるのではなく気づくのが大事だと僕は思う。それに、僕から注意したのではミスをしたと必要以上に焼き付けてしまうだろ。だから直接は言わないことにしているんだ」

彼がトイレに立ったとき、入れ替わるようにカクテルを持ってきた白髪交じりの店長がにっこりと微笑みかけてきた。

「社長は本当に素晴らしい方です。何より人望がある。あれほどできた方というのはまずお目にかかれません。大事にしてください」

「ありがとうございます」愛理は頭を下げた。

言われるまでもなく愛理自身が感じていた。誰の目から見ても、五城は理想の男だった。自分は一生結婚できないのではないか。これまで漠然とそう考えていたが、初めて五城に会ったときから、この人と結ばれるという気がしていた。それは次第に確信になっていく。そして、それを思うとき、軽い高揚感と、裏腹の強い憂いを感じる。自分にそんな資格があるのか。そう思うと気分が沈むのだった。

次第に週に一度のデートを待ち焦がれるようになった。この男とは肉体関係を持つだろう。初めて会った瞬間からそう感じていたが、五城は一向に関係を求めてはこなかった。

その日は突然やって来た。

八月十六日は最高気温が三十五度を超す猛暑日だった。『竹に雀』の冷えた室内で飲む冷えたビールはいつもに増して美味しかった。食事を終えると、翔平はこの後、時間があるかと訊いた。

「ええ、もちろん」愛理は頷きながら珍しいと思った。珍しいというより、翔平が誘ったのは初めてだ。

「部屋を取ってあるんです」

いつものように目を見ながら翔平は言った。真剣な表情だった。はい、と答えて愛理はうつむいた。この日は愛理の二十八回目の誕生日だった。

案内してくれた部屋は、いわゆるロイヤルスイートルームだった。広さは愛理の住んでいるマンションのゆうに倍はある。室内の装飾品も豪華だ。胸の高鳴りを抑えつつ、ソファに腰を下ろした。

「何か飲みますか」

「いいえ。今は要りません」

翔平はそうですか、と言ってモジモジしている。この人でも緊張することがあるんだ。そう思ったらなんだかおかしくなって、愛理はクスリと笑った。

「話があるんです」真剣な目だった。

「お伺いいたします」愛理は居住まいを正した。

「結婚していただけませんか」

とっさに言葉が出ない。付き合っているとはいえ、普段は電話やメール。会うのは週に一度だけ。知り合ってから半年しか経っていない。まして、キスすらしていないではないか。翔平が本気で言っていることは痛いほど伝わってくる。ごくりと唾を飲み込んだ。

「本当に、私なんかでいいのですか」

「それは違う」翔平は首を振った。

「なんかじゃない。君は素晴らしい女性だ。会う前からそう思っていた。半年間、ずっと見て来て僕の理想の女性だと確信した。これからは一緒に人生を歩いていきたい」

天にも昇る心地だった。だが、愛理の口から出たのは承諾の言葉ではなかった。

「ごめんなさい」

愛理は立ち上がり、腰を折って頭を下げた。翔平の顔には落胆が見える。怒るのでもなく静かに言った。

「僕ではだめですか」

「そうではありません」顔が歪む。目をつぶり愛理は首を振った。

「私は誰とも結婚できないんです」

翔平はじっと見ている。「理由を訊いても?」

言えない。

自分が養子であることを愛理は話した。父は愛理が一歳のときに海で遭難し、母も中学生のときに亡くなった。そして母の兄である伯父夫婦の養子になった。

「あなたは仙台の名士です。両親を亡くしているような縁起の悪い女を妻に迎えるなんてできません」

「苦労したんだね」翔平は大きく息を吐くと、愛理の目を正面から見た。

「そんなことは僕と君にはまったく関係ない」

「でも……」

「君が周りからどれほど大切にされてきたのか。今の君を見ればよくわかる」

言葉に詰まる。私はそんな立派な人間じゃない。

「でも、お母さまとか、ご親族や、友人の方は反対するでしょ」

「心配いらない」

翔平はゆっくりと首を振った。

「母は君の大ファンだ。早く連れて来いと毎日せがまれている。それに、僕の人生は僕が決める。誰の指図も受けない」

その目に自信と決意が映っている。愛理は揺らいだ。

「結婚してください」

翔平は静かに言った。嗚咽がこみ上げそうになり、ぶるぶると体が震えた。どうしよう。顔が歪む。愛理は強く首を振った。

「ごめんなさい」愛理は再び頭を下げた。

「できません」

「そうですか」といって、翔平は考え込んだ。

「僕では駄目ということですか」

「違います」愛理は叫んだ。「あなたが悪いんじゃない。私は誰とも結婚できないんです」

翔平は眉根を寄せた。「もしかして遺伝性の病気とか？」

違う。もどかしい。顔が歪む。だが言えない。

「私は幸せになってはいけない。呪われた女なんです」

翔平は口を結んだ。初めて見る厳しい顔だ。

愛理、と静かに言った。「正直に話してくれないか」

愛理は目を閉じた。小刻みに体が震える。到底、人に言える話ではない。まして愛する男には絶対に言いたくない。墓場まで持っていく。固くそう決めていた。だが、言わなければ翔平は納得しないだろう。顔が歪む。うつむいたまま首を強く振った。

目を開けた。

翔平は静かに自分を見ている。その目に怒りはない。親が子を心配するような、そんな目だ。穏やかな表情、包容力と慈愛が伝わってくる。あのときの高野の言葉は本当だった。私なんかがこんなにも素晴らしい人と出会えて幸せだった。でも今日で終わりにしよう。

愛理はしっかりと頷くと、翔平と永遠の別れを覚悟した。

「わかりました。全てお話しします。聞けばあなたは不快になる。そして私のことを嫌いになるでしょう。それでもお聞きになりますか」

「もちろんだ」翔平は力強く頷いた。その目に強い覚悟が見える。

「わかりました」


最初の言葉が出ず、何度もためらった。やがて叫ぶように最初の言葉が出ると、次から次へと言葉が溢れ出した。そして最後の言葉を告げた。十五年間、自分を呪った言葉だ。

私は幸せになる資格などない。

身じろぎもせずに聞いていた翔平は、聞き終えると肺腑《はいふ》の底から絞り出すような深い息を吐いた。

「私はあなたと結婚することはできません。どうか許してください」

深々と頭を下げた。これでお別れかと思うと無念が残るが、仕方がない。私には最初から縁がなかったのだ。顔を上げると、翔平は痛々しい顔で見ている。小さく首を振った。

「君は大きな勘違いをしている。幸せになっていけない人間などいない」

「でも、私は――」

翔平は、もう一度大きく首を振った。

「僕の気持ちは変わらない」

「えっ……」

「何度でも言います。お願いします。僕と結婚してください」

体がぶるぶると震えた。がちがちと歯が鳴る。

「は……話を……、聞いていなかったの？」

「結婚するとは、一生その人と添い遂げる覚悟を持つことだ。君の試練は僕の試練だ。これからは二人で乗り越えて行こう」

愛理は両手で口を押えた。

「本当に――、本当に私でいいの？」

翔平はしっかりと頷いた。

「君は僕にとって最高の女性だ。僕には君しかいない。だから一緒になってほしい」

翔平の顔がぼやけていく。泣いているのだと遅れて気づいた。

「返事を聞かせてほしい」

翔平は静かに佇《たたず》んでいる。それでも愛理がためらっていると、翔平はにっこりと笑った。その顔を見たとき、愛理の中で何かが弾けた。この人についていこう。この先どんな苦しみが待ち受けていてもかまわない。

愛理は立ち上がり、深々と頭を下げた。

「不束者《ふつつかもの》ですが、よろしくお願いいたします」

「こちらこそよろしくお願いいたします」

こんな幸せがあっていいのだろうか。翔平の胸に顔をうずめた。顎に手を置かれ愛理は顔を上げた。愛しい男の顔が近づいてきた。愛理の時間が止まった。

第一章　二つの殺人事件

1

来客室の扉が開き、入って来た男は入口で深々と頭を下げた。背が高い。友永花紀《ともながかすみ》巡査部長は、まずそのことが印象に残った。案内してきた警察官は自分と同じくらいの身長だ。だとすると男は、百八十五センチはある。

「どうぞおかけください」

主任刑事の木皿がいうと、男は軽く頭を下げて座った。

緊張した面持ち。顔色が悪いが男の目には怯えがない。女性である友永はまだしも、木皿は人相が悪い。ごま塩の坊主頭。無精ひげの半分が白い。晦渋《かいじゅう》な表情だ。

男は三十代半ばくらいだろう。鼻筋の通った二枚目だ。スーツもよほど高いものだろう。艶《つや》が違う。

男は少し震えていた。今日は寒かった。最低気温はマイナス四度。最高気温も二度だった。だが、男が震えているのは寒さのせいではない。

「私は城南署刑事一課の木皿と申します。こちらは同じく友永です。早速ですが事件解決に向けてお話を伺えますか」

はい、と男は答えた。顔が青ざめている。

「始めに、お名前と生年月日、住所をお尋ねします」

男は五城翔平と名乗った。生年月日を言いながらポケットからカード入れを取り出し、免許証を目の前のテーブルに置いた。三十九歳。住所は仙台市太白区向山《たいはくくむかいやま》四丁目。木皿が職業と勤務先を尋ねると、五城は名刺を取り出し、差し出した。

「五城グループの社長さんですか」木皿が困惑した声を出した。

「はい」と、五城はゆっくりと頷いた。

木皿が名刺と男の顔を見比べた。仙台駅前の一等地に建つ老舗ホテル・五城ホテルの他に、仙台の奥座敷・秋保温泉と、観光名所・松島で五つ星のホテルを運営する会社ではないか。驚いたのは友永も同じだ。地元の経済誌の特集記事を読んだのを思い出した。この若さでグループの総帥とは恐れ入る。

仙台市太白区向山の民家で女性が死んでいると一一〇番通報があったのは平成二十四年二月十日の二十一時五十六分頃。警ら中の機動捜査隊が駆け付けてみると、死んでいたのはこの家の主婦・五城郁子六十八歳で、通報したのはこの男、一人息子の翔平だった。

「この度は誠にご愁傷様です。心よりお悔やみ申し上げます」

木皿の言葉に、友永も一緒に頭を下げた。

「ありがとうございます」翔平は立ち上がると、深々と頭を下げた。普通は恐れ入りますとか、痛み入りますと返す。おそらく動揺しているのだろう。

「どうぞお座りください」

翔平が座ると、友永はお茶を勧めた。翔平は気づいたように茶碗を手にして、一口すすった。

「お疲れのところ恐れ入りますが、お話を伺えますか」

「ええ。何なりとお聞きください」

翔平の目には強い力を感じる。

「順にお聞きします」

翔平が帰宅したのは二十一時五十分頃。運転代行の運転してきた愛車を屋内ガレージに停め、すぐに異変に気づいた。いつもは点いている玄関燈が消えている。不審に思いながら玄関ドアに手をかけると、鍵がかかっていなかった。防犯意識の高い母にしてはおかしいと翔平は異変を察した。室内の電気は全て消え、異臭が漂っている。恐る恐る玄関の電気を点けたとき、床に倒れている郁子を発見した。

「発見した場所はどこですか」

「玄関脇にある部屋です。来客の応接に使っています」

「あなたが帰宅するのはいつもこの時間ですか?」

「いえ。いつもより一時間ほど早いです」

「それは勤務時間の関係ですか」

「役員ですから時間は自由です。ただ、二十二時までは仕事をすると決めていますので、帰宅するのはだいたい同じ時間になります」

「今日はどうして早く帰ったのですか」

「外で知人と食事をして、そこから真っすぐ帰ったものですから」

木皿は不意に鋭い目で見た。

「それはどちらで、誰とご一緒でしたか」

翔平は、ふうーっと息を吐いた。被害者の家族から、確認の対象へと切り替わった微妙な変化を感じ取ったのだろう。

「五城ホテルの最上階にある『シャングリラ』というバーです。十九時少し前に店に入り、ちょうど二十一時までいました。個室でしたので従業員に確認していただければ、わかると思います」

「お会いになっていたのはどなたですか」

「婚約者です。中島といいます」

「それはお気の毒でしたね。挙式は近いのですか」

「来月、三月三日の土曜日です」

およそ三週間後だ。

「中島さんの御連絡先を教えていただけますか」

「構いませんが、これからすぐ確認に行かれるのですか」

時刻はまもなく午前零時になろうとしている。

「いえ、今日は遅いので伺いません」

「そうですか」翔平は頷いた。「中島愛理といいます。杜の都テレビの報道部にいます。芸名である広瀬のほうが通りがよいかもしれません」

「広瀬愛理……」友永は、あっ、と声を上げた。

「あの、『いぐすぺ仙台』のコーナーを担当している？」

仙台のローカルテレビ局・杜の都テレビで平日の夕方に放送しているニュース番組だ。〈いぐすぺ〉とは、仙台弁で〈行きましょう〉という意味で、担当している広瀬愛理は〈美しすぎるローカル女子アナ〉として仙台では有名人だ。〈美し過ぎる〇〇〉というフレーズは食傷気味だが、彼女に限っては過言ではない。全国ネットの番組にも度々出ているほどだ。

「ご存知ですか」

「仙台で知らぬ人はいないでしょう。明るく元気な人気者。おまけにかなりの美人だ。そうですか。あなたが彼女の――」

まじまじと五城の顔を見た。絵に描いたような美男美女。まさにお似合いのカップルではないか。

「わかりました。事情を訊く場合は、こちらも配慮いたします」木皿が言った。

「恐縮です」

五城は立ち上がって深々と頭を下げた。

「お母さんの仕事の内容を伺えますか」

「グループでは会長ですが、ほとんど名誉職みたいなものです。最近はブライダルハウスの経営に専念していました」

「ブライダルハウスはどちらですか?」友永が訊いた。

「定禅寺通りにある『ロイヤル・ブリティッシュ』といいます」

豪華な結婚式で定評のあるヨーロピアンテイストの結婚式場だ。

「通りから見たことがあります。素敵な建物ですね」

「ありがとうございます」

「帰宅されたとき、家の中が荒らされたような形跡はありましたか」

「リビングの奥に、亡くなった父が書斎として使っていた部屋があるのですが、金庫の中の現金がなくなっていました」

「金額はわかりますか」

「ちょうど二千万円です」

木皿が目を見開いた。「失礼ですが、どうしてそんな大金をご自宅に？」

「父は骨董品収集が趣味だったんです。現金取引を信条としていたので手元に置いていました。三年前に亡くなったときからそのままにしていました」

「そうでしたか」

木皿は信じられない、といった面持ちで何度も首を振った。置きっぱなしということは使う必要がないからだ。そのことだけでも、この家の懐具合がわかる。

「ご自宅の間取りを教えていただけますか」友永が言った。

紙を差し出すと、五城は簡潔に間取りを書いて見せた。平屋だが部屋はリビングダイニングキッチンの他に六部屋ある。

「面積はどれほどですか」

「敷地はおおよそ千平米ほど。建物は三八五平米の平屋です」

かなりの豪邸だ。翔平は郁子が殺された玄関脇の部屋と、金庫が置いてある書斎を指し示した。郁子が殺された部屋からは結構な距離がある。

「荒らされていたのは金庫だけですか」

「と思いますが、全部を確認する余裕はありませんでした」

それはそうだろう。友永は頷いた。木皿が受け継いだ。

「何でも結構です。誰かに恨まれていたとか、不審人物を見たとか、何か心当たりはありませんか」

五城は顔をしかめて首を振った。「申し訳ありませんが、何も思い当たりません」

「そうですか」木皿は友永と目線を交わした。これ以上は酷《こく》だろう。友永も頷いた。

「今日はこれで結構です。お母さんの交友関係や、今日の行動などを伺いたいので明日、改めて時間を取っていただけますか。場所を指定していただければこちらから伺います」と木皿。

「では、ホテルにお出でいただけますか。それと調べる時間が欲しいので午後のほうがありがたいです」

「わかりました。連絡を差し上げてからホテルに伺います」

五城は立ち上がると背筋を伸ばした。

「刑事さん、どうか母の無念を晴らしてください。どうぞよろしくお願いいたします」

そういって腰を折ったまま動かない。

「どうぞ頭を上げてください」

木皿が慌てて駆け寄り、背中に手を当てた。

「我々、宮城県警の総力を挙げて取り組むことをお約束します」

「ありがとうございます」

五城は再び頭を下げた。涙を浮かべ、顔はくしゃくしゃになっている。こらえていた感情が噴き出したのだろう。

「どうぞ気をたしかにお持ちください」

木皿に言われ、五城は頷いた。

「では、明日お待ちしております」

五城は再び深々と頭を下げると、くるりと背を向け歩き出した。

「これからどちらへ？」

歩きながら木皿が訊いた。自宅はまだ機捜隊と鑑識で埋まっているはずだ。

「とりあえずホテルに戻ります」

パトカーで送って行くというと、五城は少し考え、首を振った。

「皆さんはお仕事中だし、お気持ちだけ頂戴します」


五城が玄関から出て行くのを見送ると、木皿がため息をついた。

「しかし驚いたな。まさか殺されたのが五城ホテルグループの会長だったとは」

「物取りでしょうか」友永が訊いた。

「どうかな」木皿は腕を組みながら言った。

「マルモク（目撃者）はなし。すぐに緊配《キンパイ》（緊急配備）をかけたが続報もない。後は情報が上がってこないとわからん」

「そうですね。まさか、こんな時間に初動捜査をするとは思いませんでした」

刑事事件、特に殺人などの重大事件の場合、初動捜査を担当するのは所轄署ではなく、機動捜査隊、いわゆる機捜だ。彼らは二十四時間、交代勤務で警ら活動をしており、一一〇番通報が入ると、現場へ急行し初動捜査を行う。

所轄署の刑事がなぜ呼び出されたのか。それは向山の事件通報がされる二時間ほど前に、隣接する青葉区の花壇で殺人事件の通報があったばかりで、機捜の態勢が手薄だったからだ。

「花壇の事件はどうなったのでしょうか」

「お前、葬祭会館『四季の彩り』を知っているか」

頷く。仙台市内の複数の場所で運営している葬祭会館だ。

「殺されたのはそこの経営者の息子夫婦らしい」

「じゃあ、向こうも資産家ですか」

「そうだろうな」

「うちのヤマと関連はありますか?」

「どうかな」木皿は首を捻った。「向こうのガイシャは三十代の若夫婦らしい。こっちは七十の婆さん。どんな関係があると思う?」

黙って首を捻る。ない、とは断言できまい。木皿が怪訝な目を向けた。

「どうした。何かあるのか」

「現場が近い」

「それだけか」

「金持ち狙いの連続強盗かもしれません」

「お前が考えることくらい捜一の連中も考えているさ」

「そうだといいのですが」

「うちはうちのやるべきことをやるだけだ」

勘で物を言うなと言いたいのだろう。お前は自信過剰だと木皿の顔に書いてある。

調書を書きながら五城の顔を思い出した。二枚目で高身長。しかも資産家とくれば、申し分ない結婚相手だ。広瀬愛理が惚れるのも無理はない。

謙虚で腰が低く、それに誠実そうだった。ああいう男を選ぶなら広瀬愛理もまた、見た目通りなのだろう。

それにしても、まさか婚約者の親が殺されるとは。しかも挙式の直前だ。不幸としか言いようがない。彼女の一番の魅力は笑顔だ。見る者を幸せな気持ちにさせる。そんな笑顔だ。あの笑顔を失わなければいいが。心からそう思った。

2

翌朝、友永たちは事件現場となった五城邸に向かった。鑑識と機捜隊はすでに引き上げている。残っているのは警戒中の警察官だけだ。

五城邸は国道２８６号線バイパスから入ってすぐの場所にある。市道から坂を百メートルほど登りきると石畳の敷地が広がっている。広さはちょっとした公園並み。広い敷地に捜査車両を停め建物を見上げる。建物はＬ字型の平屋だが屋根が高い。中央部分の高さは六メートルくらいある。一般的な二階建てほどの高さだ。外壁は部分的に石張り。仕上げ化粧用の薄い石ではなく、厚みのある石だ。警備中の警察官に敬礼し、二人は中に入った。

郁子が殺されていた玄関脇の応接室は広さが十六畳くらいだろう。八角形の間取りで、高さのある天井からシャンデリアがぶら下がっている。三人掛けのソファの向かいには馬鹿でかい暖炉がある。声が出ないのか、木皿は先ほどからしきりに首を振っている。

応接室を出てリビングに入ると、北側に面した掃き出し窓の外には広さ二十畳ほどのウッドデッキが広がっていた。上部は二階の床がせり出していて庇《ひさし》のような構造になっている。デッキには応接セットが置いてある。ビニールの蔦を編んだ風雨に耐えられそうなソファだ。二人はデッキに出てみた。

「見ろよ、すごい眺めだ」木皿が感嘆の声を上げた。

眼下を流れる広瀬川を挟み、仙台市内を一望できる。仙台は伊達政宗が入府して開いた城下町だ。青葉山に構えた巨大な石垣の仙台城を洗うように流れているのが有名な広瀬川で、仙台はその下流の川沿いに町が発展してきた。

「この景色が見えるからここを選んだのかもしれませんね」

「こんな豪邸に入るのは初めてだ」

「私もです。この家なら、よほど金があると考えるでしょうね」

「金持ちだからって、現金はそんなに置いてねえよ」

「いえ。犯人は置いてあることを知っていたはずです」

「はあ?」木皿は眉間に皺《しわ》を寄せた。「なぜ言える」

「今にわかります」

「まったくお前さんは」

木皿は首を振った。続きは訊かなくてもわかる。可愛げがないと言いたいのだろう。だが性分だ。どうにもならない。金庫が置かれていたという亡くなった父親の書斎はキッチンの奥にあった。家族でなければここまで来ない。賊が迷わずにこの場所に来たというのは解せない。立ち入り禁止のテープが張られているため、入り口から部屋の中を覗いた。金庫は壁に備え付けている本棚の中にあった。高さは一メートルくらいだろう。アンティークな古い金庫だ。時代はわからないが大正くらいだろうか。扉は発見時と同様に開いたままだ。鍵は扉に差したままで、紫の房に金色の鈴が付いている。

部屋の隅を小さな物体が横切った。首を回す。猫だ。猫はキッチンの食器棚を軽やかに上り、上へと鎮座した。

木皿が近づき、チチチと言った。猫は警戒して逆毛を立てている。

「何だコイツ、可愛くねえな」

「知らない人が近づけば当たり前ですよ」

こんな強面だ。人間の子どもなら泣き出している。友永は試しに指を近づけてみた。猫は鼻を近づけ、くんくんと臭いを嗅いだ。毛は逆立っていない。背中に手を近づけたが逃げるそぶりがない。

「可愛い猫じゃないですか」

「女になつくならオス猫なんだろ」

木皿はそっぽを向いた。黒色の虎毛だが背中には茶色の部分があった。

「三毛猫ですね」

「猫なんてどうでもいいよ」

「そうですけど」首を捻る。「雑種かな。高そうな品種には見えませんね」

「金持ちってのは意外なところが、せこかったりするからな」

「そういうことでしょうか」

「どうでもいいよ。行くぞ」

五城邸を出て一度城南署に戻り、十五時になると五城ホテルに向かった。

ロビーはチェックインしようとする客で混雑している。宿泊客の身なりはどれも悪くない。それも当然だろう。仙台でも一、二を争う格式の高いホテルだ。

「まずい時間帯に来ましたかね」

「仕方ないさ。こっちも仕事だ」

ロビーの中央に立っていた六十がらみの従業員に近づくと、男も気づいて丁寧にお辞儀をした。男は支配人だった。そのまま案内されたのは一般の来客用とは異なるエレベータ。支配人は四階のボタンを押した。

プライベートと表示された部屋をノックして中へと入る。廊下から見る造りは一般の客室と同じだが、内部は役員室のような造りで、部屋の奥にデスクが、中央に応接セットが置いてある。その脇に隣の部屋へと続くドアがある。いわゆるコネクティングルームだ。

ソファに座っていると、すぐに翔平が姿を見せた。昨夜と同じスーツだが、シャツは昨日着ていたものではない。

「お疲れのところ申し訳ありません」二人は立ち上がり頭を下げた。

「刑事さんたちこそご苦労様です」

翔平はさらに丁寧に頭を下げた。友永が戸惑うほどゆっくりと頭を上げた翔平は身振りでソファを勧めた。

「昨日は眠れましたか」

「いいえ」翔平は首を振った。「酒の力を借りてと思いましたが朝まで眠れませんでした」目の下の隈《くまど》取りが濃い。苦悩と悶絶が窺《うかが》える。

「早速お伺いします」木皿が口を開いた。「お母さんの足取りはわかりましたか」

「できる限り調べてみました」翔平は手帳を開いた。

「十五時から商工会議所の定例会に出席しています。終わったのは十六時過ぎだったようです。運転手が迎えに行ったのが十六時三十分頃、自宅に着いたのは十七時少し前でした」

「帰った時間はどうしておわかりに？」

「家政婦さんをお願いしているんです。国井美津子さんといって、歩いて五分ほどの萩が丘一丁目に住んでいる方です」

「国井さんは、お母さんと入れ替わりに帰ったのですか」

「いえ。母が帰った後、商工会議所の職員の真田さんが訪ねて来たそうです。母が忘れ物をしたのを届けてくれたみたいで」

「あなたも知っている方ですか」

「ええ。よく知っています。すごくいい方です」

「どのくらいいたのでしょうか」

「真田さんが玄関先で帰ろうとしたので、母が引き止めて上がられたそうです。でも、すぐに帰られたので、国井さんは茶碗を洗ってから帰宅しました。それが十八時少し前だったそうです」

「それからあなたが帰宅するまでの間に犯行が行われたことになりますね。お帰りになったとき、玄関は施錠されていましたか」

「いいえ。鍵はかかっていませんでした」

「それはよくあることですか」

「ほとんど記憶にありません。母は防犯には特にうるさいほうですので」

「帰宅したとき室内の電気は点いていましたか」友永が訊いた。

「真っ暗でした」

「カーテンはどうでした？」

どうだろう、翔平は首を捻った。「記憶が曖昧ですが、引いてなかった気がします」

「なるほど」

訊きながら手元に書き込んでいく。捜査録といって署に備え付けてある消耗品だ。これは紙質があまりよくない。翔平は手元をじっと見ていた。

「そうやって犯行時刻を絞り込むのですか」

「ええ。いろいろな角度から検証します」

手帳を閉じた。「最近、お母さんの周りでトラブルなどは聞いていませんか」

「いいえ、まったく」翔平は首を振った。「母は穏やかな性格ですし、人と争うようなこともないので、正直、殺されるほどのトラブルはなかったと思います」

「逆恨みということもあります。ささいなことでも結構です。気になったことはありませんか」

「申し訳ありませんが何も思い当たりません」

友永は郁子の交際関係について尋ねた。特に親しい人や、日頃付き合っているのは誰かということだ。翔平は考えながら何人かの名を挙げた。自宅と勤務先を往復する毎日。交際範囲は広いがいずれも浅い付き合いだったらしい。

「先ほど、自宅を拝見させていただきました。金庫のある部屋は、ずいぶん奥ですね」

「ええ。まあ」

「ご家族以外で金庫の場所を知っている方はいますか」

「知っているのは私と母と、後は国井さんくらいです。愛理も知りませんから」

「ご親戚の方も？」

「家を行き来するような親しい親戚は、今はほとんどおりません」

友永は翔平の目の奥を覗き込んだ。昨日と打って変わって落ち着きを感じる。一夜明けて落ち着きを取り戻したのだろうか。

「一つ気になることがあるのですが、よろしいでしょうか」

「何でしょう」友永は答えた。

「数日前でしょうか。母が違和感を口にしておりました。夜中に外で不審な物音がするとか、室内のものが微妙にずれているとかそんなことです。年齢から来るものかと思って、気にしなかったのですが、もしかすると事件と関係があるのかと思いまして」

「参考になります」賊は周到に準備していたのかもしれない。「そういえば猫がいましたね」

「トラといいます。母が大事にしていました」

虎毛だからトラか。「品種は何ですか」

「わかりませんが、雑種だと思います」

「どうして雑種を飼っていたのですか」

「トラはゴミ捨て場に捨てられていたそうです。生後間もないころだったのでしょう。カラスに襲われているところを母が助けて、それから家族の一員になりました」

「お母さんは可愛がっていたのですか」

「文字通り猫かわいがりでした。食事もトラの分だけは必ず自分で用意するんです。息子には用意しないのに」翔平は少し笑った。

「うちも同じですよ。実家の母は娘より犬が大事です」

「どこも同じですね」

「トラは人見知りが激しいのですか」

「家族以外にはなつきません。近づくどころか、姿も見せないくらいです。家族以外で心を許しているのは国井さんと愛理だけです」

「そうですか」

「トラが何か?」

「いえ、犯人を見ているかと思いましてね」

翔平は頷いた。「そうかもしれません」

「もう一度犯人を見たらどうでしょう」

「どうでしょう」翔平は首を捻った。「犬ならまだしも猫ですから」

木皿が咳払いをした。警察犬ではないのだ。そううまくはいかないだろう。

「こんなことを訊いてすみません」友永は頭を下げた。

「少し前にタウン情報誌で広瀬さんのインタビュー記事を読みました。自然体で生きる。『結婚しない生き方』を心がけているみたいな内容でした。結婚願望がないと知り、意外だったから記憶に残っています。あなたと出会って考えが変わったということですか」

翔平は苦笑いを見せた。「彼女に聞きました。過去に手ひどい失恋をしたというのが表向きの理由です。でも本当は違うんです。彼女の身長をご存じですか」

「いえ。知りません」

「一七二センチです。ヒールを履くと大抵の男性より背が高くなる。それが嫌だったみたいです」

「なるほど。それで――」わたしと同じ身長だ。

「ウドの大木で生まれたことをこれほど感謝したことはありません」

「よくお似合いですよ」

翔平が頭を下げると、木皿が咳払いした。くだらないことを訊くなと言いたいのだろう。ここは無視だ。

「話は変わりますが、昨日は青葉区花壇でも殺人事件がありました」

「そうみたいですね」

翔平はわずかに不快な表情を見せた。

「被害者の坂東《ばんどう》夫妻をご存知ですか」

「ええ。名前は存じ上げています」

「お母さんはどうでしょう。坂東夫婦と面識はあるでしょうか」

「さあ」翔平は首を捻った。「どうでしょう――」

翔平の目がかすかに泳いでいる。何かある。何だ。気取られぬよう首を回し、木皿と目線で合図した。

「お忙しいところすっかりお邪魔してしまいました。後から何かお気づきのことがあれば些細なことでも結構です。ご連絡をください」木皿が言った。

翔平は丁寧に謝意を述べると、エレベータに乗るまで見送りに来た。

「こちらの披露宴会場に『サンドリヨンの扉』と呼ばれる門があるそうですね」友永が訊いた。

「うちの自慢です」翔平は胸を張った。

「その門をくぐった花嫁は必ず幸せになれるとか？」

「ありがたいことです」翔平は少し笑った。「うちのホテルで言い出したことではありませんが、いつの頃からかそう言っていただけるようになりました。大変光栄なことと受け止めております」

否定しないということは自信があるのだろう。

「では、愛理さんもそこを通るのですか？」

「はい。門をくぐれるのは挙式当日の花嫁だけです」

「幸せになれますね」

「私どもはそう信じて花嫁を送りだしています」

頷く。「見ることはできますか」

「ええ。外からでよろしければ」

エレベータに乗り込むと二階で降りた。通用口を通ってロビーへ。ひときわ目を引く門構えが見える。その前に立ち入りを禁止する金色の装飾された太いロープが置かれている。友永は足を止めた。

扉の上部に、大理石の彫刻が付いている。男の顔。老人、いや賢者だろうか。笑っているのか、泣いているのかわからない複雑な表情。風格と歴史の重みを感じる。

「立派ですね。由来をお聞きしても？」

「ドイツの古城で使われていた門です。父が食器の買い付けでマイセンに行ったときに偶然見つけたそうで、老朽化して取り壊しになるところだったので譲ってもらったそうです」

「なるほど」

「三十年ほど昔のことですから輸送費だけで家一軒分かかったと父がこぼしていました」

「由緒ある門なのですか」

「城の元の所有者はドイツ貴族だそうです。その城の妃は、貴族からではなく庶民から選ぶことが何度かあったみたいで、その名が付いたとか」

「それでサンドリヨンの扉？」友永は小首をかしげて見せた。

「サンドリヨンはフランス語読みですね。ドイツ語ならアッシェンプッテルです」

「よくご存じですね」翔平は感心したといった態《てい》で首を振った。

「アッシェンプッテルはグリム兄弟のお話ですね。父はお茶目というか、意外といい加減なところがありまして、シンデレラと言えばいいのに、このほうが通りがいいといって『サンドリヨンの扉』と命名したんです。結果的に好評だったのですから先見の明があったということでしょう」

捜査車両に乗り込むと、友永は口を開いた。

「翔平の雰囲気が昨日と違いますね」

「どう違う?」

「何というか、構えている印象を受けます」

「責任ある地位にいる人間だからな。言葉の重みを知っているのだろう」

それだけじゃない。言いかけてやめる。感じない人間に言っても無駄だ。

城南署に戻ると、四階の大会議室は帳場（捜査本部）の設営準備を終えていた。入口に掲げられた戒名は『太白区向山資産家女性殺人事件』。戒名とは事件名のことで、一目で、あの事件だとわかるよう付けることが求められる。

帳場が立ったのは事件の翌日である二月十一日。この日は土曜日だった。帳場が立つと刑事たちは合宿さながら泊まり込みでの捜査が続く。女性はもちろん、小さな子を持つ親は大変だが、三週間後に一人息子の結婚式を控えていながら無残に殺されたガイシャや遺族の気持ちを思えば、口が裂けても愚痴はいえない。

初めての捜査会議が始まった。捜査本部長に就任したのは宮城県警捜査一課の東雲《しののめ》管理官。五十代だろう。刑事畑を歩いてきたとは思えぬほど優しい風貌の男だ。

捜一は先月から岩沼署に帳場を構えている。そこに来て同日二件の殺人事件が起きた。当然ながら手駒を分けざるをえない。城南署は東雲管理官が、青葉中央署は強行犯捜査係の徳田係長が指揮を執ることになった。捜一の捜査員たちの戦力投入は今後調整されるそうだ。当面は所轄署が踏ん張らねばならない。

事件の概要説明が、友永たちの上司である城南署刑事係長の貝山からなされた。死因は首を手で絞められたことによる扼殺《やくさつ》。現場から犯人のものと思われる指紋は検出されていない。

郁子は十七時少し前に帰宅。忘れ物を届けに来た商工会議所の職員・真田が帰ったのが十七時四十五分頃。家政婦の国井が帰宅したのはその十分後。司法解剖の結果、郁子は十八時三十分までに死亡したものと推定される。つまり犯人は、三十分の間に郁子を殺害し、金庫から現金を盗んだ。この短い時間に一連の犯行が行われたことこそが犯人像を浮かび上がらせる手がかりだ。友永はそう思いながら聞いた。

貝山にいわれ、友永は翔平から聞いた話をかいつまんで報告した。郁子が感じた違和感を話すと、貝山は何度も頷いた。東雲管理官は表情も変えずに黙って聞いている。仕切っているのはもっぱら貝山だ。

「息子の証言は信用できるのか」

貝山は腕組みをしたまま、鋭い目を向けた。東雲とは真逆で、貝山は油断のならない風貌をしている。容疑者が見れば震え上がる眼光だ。

「非常に誠実な印象を受けます。素直に受け取ってよろしいかと」木皿が答えた。

「翔平の事件当日の足取りは別の者に確認させる。お前ら、明日、愛理から裏付けを取って来てくれ」

「わかりました」

「郁子の職場は結婚式専門のブライダルハウスだ。心配りの素晴らしい、誰にでも優しい人。怒った姿は想像もできない。どこも似たような評判だ。おそらくその通りなのだろう。やはり怨恨ではなく、金銭目当てか」

木皿は二度ほど頷いたが、断定はできないだろう。友永は頷かずに、

「現場のほうはいかがです」と訊いた。

「土足で侵入した形跡はなかった。玄関こそ施錠されていなかったが、室内の窓は全て施錠されていた。つまりホシは玄関から入りスリッパを履いたということになる」

「ということは、顔見知りですか」

「いや。断定はできない」

「翔平によると、郁子は在宅中でも必ず施錠していたそうです。来客があればインターフォンで確認するはず。女一人で家にいるならむやみに開けたりはしないのでは？」

「断定は禁物だ。詐欺開けの可能性もある」

宅配便の配達員を装って侵入する強盗の手口のことだ。推測で食い下がっても無駄だ。

「他に盗まれたものはなかったのですか？」

「郁子の財布がない。おそらく犯人が持ち去ったのだろう。国井によるとプラダの白い長財布で、

いつも三十万円ほどは入っていたらしい」

「結構な額ですね。他に物色した形跡はなかったのですか」

「それだけだ。リビングのチェストの中に五十万円ほどが入っていたが、そっちは手つかずだった」

「タタキ（強盗）が目的なら解せませんね」

「金庫の二千万円を見つけて満足したのではないか」

「郁子が殺されていたのは玄関脇の部屋です。金庫はキッチンの奥の部屋にありました。玄関からはかなり距離があります。室内をろくに物色しない犯人が、迷わずにそこまで行ったというのは解せません」友永は抱いていた疑問を口にした。

「翔平の証言通り、ホシは事前に下見をしていたのかもしれない」

「ホシは暴行もせず一気に郁子を殺している。タタキではなく殺人が目的である証拠です」

貝山は考え込んだ表情になった。ここまで黙っていた東雲が身を乗り出した。

「友永さんの読みは？」

「目的は殺人。金を盗んだのは偽装」

「犯人像は？」

「顔見知り。それも相当近しい関係」

「なぜ、そう言えるのですか」

「仮に賊が何度か下見をしていたとしても、金庫を探し出せるとは思えない。まして、金庫の中に現金が入っている保証はない。だとすれば、ホシは金庫の場所を知っていて、しかも、中に現金が入っていることを知っている人物」

うーん、と東雲が唸った。「五城邸の金庫の場所を知る人間が他にいるのですか」

「翔平に訊きましたが、家族の他は家政婦だけだそうです」

貝山が顎を上げた。「国井は念入りに調べている。誰かにうっかりと話してしまう可能性もあるからな。だが、国井の家族は五城邸の家政婦をやっていることすら知らなかった。国井のセンは消えたと見ていい」

首を捻る。「他に知っている人間は本当にいないのでしょうか」

「お前の読みに合致するような人物がいるとは思えん」

「そうですか」納得できずに首を捻る。口を結び、鼻から息を吐く。

「なんだ。まだあるのか」と貝山。

「青葉区花壇で起きた夫婦惨殺事件との関連はどうでしょう」

「はあ？　お前、どうしてそう思う？」

「殺害時刻が近いのが気になります。しかも現場は至近距離です」

「向こうのホシは女房を絞め殺した後、旦那が帰宅するのを家の中で待っていた。旦那を殺した凶器は台所にあった刺身包丁だ。何も盗まれた物はない。明らかに殺害することが目的だ。現場の印象がまるで違う」

よほど強い怨みがあるのだろう。だが――。

「どちらの事件も、殺されたのは十八時から十九時。車なら十分の距離。同一犯による犯行は可能です」

貝山は厳しい目で見た。「日時と場所が近いだけで現場の印象がまるで違う。向こうの帳場と逐一連絡は取っている。お前は余計な心配はせずに言われたことだけやれ」

そのセリフが出たら、これ以上言っても無駄だ。

「わかりました」友永は頭を下げずに言った。

物取りの犯行なんかじゃない。

友永は心の中で毒づいた。郁子は扼殺されている。道具を使わずに手で絞め殺されたのだ。強烈な殺意がなければできない。顔を見られたとしても強盗ならそこまでしないだろう。殺す理由があるとすれば、郁子がよく知る人物に他ならない。

3

スタッフミーティングは熱を帯びてきた。そっと腕時計を見る。時刻は十一時四十分。広瀬愛理はスタッフ達の熱気を避けるように小さく息を吐いた。

今日の議題はニュース番組の間に入れる五分間のコーナーの企画。震災頼みの企画はもう止めよう。そう言い出したのはディレクターの山路だ。震災からの復興を果たしている店に出向き、健気に再開している姿をアピールする。復興間もないころは好感を得たが、そろそろ食傷気味なのは否めない。

美味いものを食べ歩くというのもありきたりだ。旅番組でもやっているし、お笑い芸人などイロモノを入れなければ物足りなさがつきまとう。

長時間の報道番組の中にあって、こうしたイロモノの企画はオアシス的な要素ばかりではない。ニュース報道にさほど興味のない主婦層や子どもたちを取り込む大事なファクターだ。五分間という限られた時間の中に、いかに視聴者の関心を引くことができるか、各局ともアイディア作りに腐心している。現在の「県内旨いもの食べ歩き」の企画もマンネリ感は否めない。ありきたりだし、毎週旨い店を探せるとは限らないからだ。

見直しをする一番の理由は、先月起きた放送事故まがいのトラブルだった。

食堂で出されたラーメンを試食していたときだ。後ろに立っていた女性が、突然大声で騒ぎだすというトラブルがあった。生放送ゆえのリスクといえば聞こえがよいが、事前の段取りの悪さを指摘されても仕方がない。

取材対象を急きょ変えたことが原因だった。予定していたお店に不幸があり、急きょロケ地を変えた。愛理が知らされたのは当日現地に着いてからだ。スタッフが聞きこんだのは地元で評判の食堂という触れ込みだったが、店の雰囲気も、従業員の態度もあまり好印象はなかった。案の定、放送を開始してすぐにトラブルに見舞われた。カメラはすぐにスタジオに切り替わったが、放送終了後に見苦しいとの苦情が相次いだ。上司からこってりと絞られたとあって、いつもは強気な山路も今日は精彩を欠いている。

「ノンジャンルで新しい店を、先取りしてレポートするというのはいかがでしょうか」

こう発言したのは、入社三年目のＡＤ伊藤だ。屈託のない笑顔を見せる伊藤の強みは叩かれてもめげない、打たれ強さにある。視聴率が下がろうが、苦情を言われようが笑ってすませるメンタリティーの強さは、この業界で生きていくには不可欠だ。

「ノンジャンルというと？」山路が食いついた。

「グルメでもファッションでも、猫カフェでも本当に何でもです」

「ありきたりだな」山路は渋い顔をした。

「チャンネルを適当にまわしても、どこかでやっているぞ、それ」

「ハリネズミカフェもですか？」

「ハリネズミ？」山路は甲高い声を上げた。「なんだそりゃ」

「先月、中央通りの新伝馬町《しんてんまち》にハリネズミと触れ合えるカフェができたんです。どんなところか覗いてみたくなりませんか」

「リサーチ済みか？」

「もちろんです。行き当たりばったりでこんなこと言いませんよ」

山路は口をへの字に曲げた。「第二弾は？」

「旬のタケノコを掘って無料でお持ち帰りできるお店です」

「無料なのか？」

「ええ、経営するレストランでお食事をした方限定ですけどね」

「なんか詐欺みたいだな」

「ジャンルを絞ってしまうと視聴者も限定されますが、新しいお店というだけですからそれもありません」

伊藤は身を乗り出した。「新しいという言葉に定義は設けません」

「こっちの都合で、新しいと認定するってわけか」

山路はあきれてみせた。そして腕組みをした。即答で否定しないところを見ると、考えているのだろう。ほどなく、山路は愛理を向いた。

「どうかな。愛理ちゃん」

スタッフたちの視線が集中する。愛理はにっこりと笑った。

「いいじゃないですか。企画自体はありきたりですけど、中身でカバーできるというのは面白いと思います」

看板アナの同意に伊藤は破顔した。

実際のところ、愛理はさほどよい企画とは思っていなかった。だが、これ以上会議を続けても時間の無駄だし、自分が意見をいうより、まとまった意見に同意を示すことがスタッフをうまく機能させるコツであることを知っている。

「よし。じゃあ、次の企画はそれで行こう」

山路がGOサインを出すと、愛理は伊藤を向き、にっこりと笑って会議室を出た。

デスクに座り、夕方のニュース原稿に目を通していたときだ。スマートフォンに着信があった。見知らぬ番号だ。一瞬戸惑い、通話ボタンを押した。

「仙台城南署の友永と申します。中島愛理さんの携帯でよろしかったでしょうか」

若い女性の声。私の本名を知っている人は少ない。警察に間違いないだろう。お聞きしたいことがあるから時間を取れないかという。局のすぐ近くにいるというので、十分後に約束して電話を切った。

スマートフォンを置くとため息をついた。警察は私に何を訊く気なのだろうか。

受付から内線があったのはすぐだった。五分も経っていない。応接室に通すよう頼んで受話器を置いた。

トイレに入り、鏡に映った姿を確認すると、唇を結んでドアを開けた。

応接室で待っていたのは黒いスーツ姿の男女。五十代くらいの男性と、二十代と思われる女性。

二人は立ち上がって深々と頭を下げた。

女性が警察手帳を取り出して、城南署刑事課の友永と名乗り、隣の男を木皿と紹介した。愛理は少し驚いていた。木皿はいかにも刑事という晦渋な風貌だが、友永は刑事とは思えないほどきれいな女性だ。怜悧《れいり》そうな目だが目鼻立ちがよく、凛とした気品を感じさせる。それに、どこかで会ったような気がする。思い出せない。どこだっただろう。

二人は警察手帳から名刺を取り出した。愛理も名刺を出して交換した。捜査に当たる刑事も普通のビジネスマンと変わらないのだと初めて知った。

二人に座るよう促すと、愛理は対面に座った。

「お忙しいところすみません」友永が言った。

「お伺いしたのは他でもありません。五城郁子さんの事件はご存知ですね」

「はい」と言いながら頷いた。

「いつ知りましたか」木皿が訊いた。

「事件が起きた当日の夜のニュースです」

木皿は鋭い目で見ている。威圧感のある目だ。

「ずいぶんとびっくりなさったでしょう」

「血が凍る思いでした。信じられなくて、何かの間違いじゃないかと思い込もうとしました。でも、テレビの現場中継を見て……」

愛理が唇を噛むと、刑事たちはチラリと視線を交わした。

「あなたと五城郁子さんの関係は？」

「私は郁子さんの息子、五城翔平の婚約者です」

木皿は頷いた。「あなたの事件当日の行動をお聞かせいただけますか」

「あの日は十九時くらいから翔平と二人で食事をしていました。五城ホテルの最上階にある『シャングリラ』というバーの個室です。いたのは二時間くらいでしょうか。二十一時頃には出ました。その後帰宅してからは外出していません」

「その個室にずっといたということを証明できる方は他にいますか」

翔平のアリバイを確認しているのか。愛理は刑事たちの顔を交互に見た。

「従業員に訊けばわかると思います。料理は順番に運ばれますし、飲み物のお代わりもあります。ずっと二人だけでいるわけではありません」

「なるほど」木皿は持っていたボールペンで頭を掻いた。

「どうして個室をご利用されたのですか」

「仙台にいるときはだいたいそうです」

「なぜなのか、お伺いしても？」

「見知らぬ方から声をかけられるんです。サインをくれとか、写真を一緒に撮ってくれとか。一人に応じると全員に同じことをしなくちゃいけませんから全てお断りするのですが、トラブルになることもありますから」

「有名人というのも大変ですね」

「いえ。芸能人の方に比べれば、私はまだましなほうです」

「そうですか」木皿は、ゆっくりと首を上下させた。

「ところで、郁子さんはあなたから見られてどういう方でしたか」

「心配りの素晴らしい、やさしい方だと思います」

愛理は郁子の性格や言動について、自分の知る限りのことを説明した。「なるほど」木皿は頷きながら聞いていたが、やがて顔を上げ、友永と目を見合わせた。

「翔平さんとお会いしましたが素敵な方ですね」友永が言った。

「ありがとうございます」

「事件の後、彼とはお会いになりましたか」

「事件のあった当日。といっても日付は変わっていましたが、電話で話をしただけです」

「彼の様子はいかがでしたか」

「ひどく憔悴《しょうすい》していました」

そうですか、と言って友永は手帳に視線を戻した。

「社内の様子はいかがですか」木皿が訊いた。

「声をかけてくださる方や、知らぬふりをしてくださる方、様々ですが、みな気を使ってくれているると感じています」

「これだけの事件です。なんと声をかけてよいのかわからないというのが本音でしょう」

「ええ」と顎を引く。

「こんなことを伺ってすみません」友永が言った。愛理は首を回して友永を見た。

「翔平さんとお付き合いの期間は長かったのですか」

どうしてそんなことを訊くのだろう。愛理は小首をかしげた。

「事件と、どんな関係があるのでしょうか」

「興味本位で伺ったわけじゃありません。郁子さんをどれぐらいご存知なのかを知りたくてお訊きしています」

「そういうことですか」愛理は頷いた。

「翔平と知り合ったのはちょうど一年前の二月です。上司の紹介でした。プロポーズは八月十六日でした。私の誕生日です。お義母さんと初めてお会いしたのは忘れもしません。八月二十四日の水曜日でした」

「あなたにとって郁子さんはどういう方でしたか」

熱いものがこみ上げる。息を吸い込むと愛理は首を振った。

「一言でいえば素晴らしい方ですが、とてもそんな簡単な言葉では表せません。私は翔平を世界で一番好きですが、同じくらいお義母さんが大好きです。まだ結婚前ですが、本当の母親のように思っていました」

「そうでしたか」友永は頷くと心配そうな顔を見せた。

愛理は自分が涙を流していることに気づいた。

「ごめんなさい」といって、ハンカチを取り出し、目元を拭った。

「辛いことをお訊きして申し訳ありません」

友永は丁寧に頭を下げた。

「いえ。刑事さんたちはそれがお仕事ですから」

友永は表情を緩めた。「お葬式には、愛理さんのご両親も出席されるのですか」

「もちろんです」

「ご実家はどちらですか」

「杉並区です」

「地元のご出身ではないのですか」

「ええ。東京です」

「仙台に来られたのはいつですか？」

「杜の都テレビに就職してからです」

「些細なことでも結構です。今回の事件のことで何か気にかかることや、思い当たることはありませんか」

「申し訳ありませんが、何もありません」

「では、後から何かお気づきになることがあったら連絡をください」

二人の刑事は顔を見合わせると立ち上がった。

「お忙しいところ、ご協力いただきましてありがとうございました」

「刑事さん。義母の、五城郁子の無念を絶対に晴らしてください」

刑事たちはしっかりと頷いた。

「全力を尽くすことを約束します」

「どうぞよろしくお願いいたします」愛理は深々と頭を下げた。

玄関まで歩き、刑事たちの後ろ姿が消えるのを見送ると、愛理はデスクに戻って腰を下ろした。

不自然な言動はなかっただろうか。郁子と初めて会った半年前が遥か昔に感じる。

初めまして。お義母さん、中島愛理と申します。最初の一言をずいぶんと考えていたが、郁子に会った瞬間に全て吹っ飛んだ。

「会いたかったわ、愛理」

五城宅に初めて伺ったときだ。玄関先で出迎えた郁子は、愛理の顔を見るなりそういって抱きしめた。

「母さん、落ち着いて」

翔平が少し困った顔で笑いながら言う。郁子は存分に愛理を抱きしめた後、両手を取って何度も上下に振った。

「あなたが翔平のお嫁さんになってくれるなんて、私は三国一の果報者だわ」

「母さん、古いよ。それ」

おどけたような口調で翔平が言い、愛理は釣られて笑った。

あなたは翔平の嫁になったのではない。私の娘になった。それが郁子の口癖だった。口から出たリップサービスではなく、郁子は心底そう思っているようだった。

それから郁子は毎日のようにメールや電話をくれた。翔平の食事の内容もあれば、小さい頃の思い出もある。郁子の情報のおかげで愛理は翔平のことをずいぶんと知ることができた。恥ずかしいからやめろよ。翔平が言っても郁子は聞かなかった。愚痴も聞いた。仕事のこと、友人のこと。政治家の悪口を言うこともある。友達みたいな母娘になろうね。郁子に言われるまでもなく愛理自身がそう思っていた。

亡くなった翔平の父親のことも話してくれた。翔平が小さい頃、友人の親子を招いたことがあった。友人の息子が父親の書斎に無断で入り、高価な万年筆を盗んだらしい。友人は慌てて謝罪したが、息子のほうは謝らなかった。翔平の父親は怒りを見せることもなく、少年にその万年筆を上げると言った。少年が驚くと、その代わり、これからは素直に謝れる勇気を持てと言ったという。いかにも、翔平の父親らしいエピソードだと愛理は思った。

ショッピングや食事、郁子と二人で色々なところに行った。どこに行っても郁子は、愛理に財布を出させなかった。たまにはごちそうさせてください。愛理が懇願しても、私がそうしたかったの。郁子はそういって譲らなかった。

洋服やアクセサリーなど高価なものも色々とプレゼントしてくれた。郁子に言わせれば、娘にそうすることが長年の夢だったらしい。愛理のことを自慢する郁子に、愛理もまた誇らしい気分だった。

愛理が手袋をプレゼントしたのは去年のクリスマスだった。さほど高価なものではなかったが、郁子はすごく喜んでくれた。愛おしそうに手袋を頬に当てたその表情が忘れられない。

十二月二十三日のイブイブは郁子の誕生日だった。去年は愛理の発案で、光のページェントを見下ろす定禅寺《じょうぜんじ》通り沿いのレストランで食事をすることになった。三人で食事をするつもりだが、郁子は四人にしたいと言う。誰ですか。愛理は訊いたが、私の彼氏よ、とおどけたように言うだけで教えてくれなかった。愛理と翔平は互いに顔を見合わせて、首を捻った。相手が誰かは想像もできなかった。

約束の日、先に席に着いた愛理と翔平は、遅れて来た人物を見て息を飲んだ。相手も戸惑っている。どうやら何も事情を知らずに連れて来られたようだ。

「お義母さん」と言ったきり、言葉が出ない。郁子はにっこりと笑うと、ゆっくりと首を振った。

「だめよ。愛理。私はあなたの母親になるの。あなたのことは全力で守る。あなたにとって大事な人は私にとっても大事な人」

涙がとめどなく頬からこぼれ落ちる。愛理は郁子を抱きしめて泣いた。

「涙はこれまで。さあ食事をしましょう」

孫の顔を見るまでは絶対に死ねない。そう言って笑う郁子の顔が目に浮かぶ。犯人は絶対に許さない。奥歯をきつく噛みしめた。

スマホが鳴った。メールの着信音。緩慢な手つきでアプリを開く。件名は「中島愛理さんへ」とある。本名を知っているなら、いたずらメールではない。件名を押す。開いたメールを見て、危うく落としそうになった。見開いた目が画面から固着したように離れない。書かれていたのはたった一言だった。

——人殺し

4

杜の都テレビ局の玄関を出ると、木皿は何度も首を振った。

「いやいや。驚いたな。テレビで見るより何倍も美人だ」

「それに何というか、人を魅了するオーラを感じました」

「美人だから魅力があるわけじゃないんだな。あれなら、たいていの男は参ってしまう」

「すみません」

後ろから追いかけてきた女性が声をかけてきた。白のワンピース。上にベージュのジャケットを着ている。きれいな人だ。それに見覚えがある。この局の女子アナだ。友永が軽く頭を下げると、女性は会釈をした。

「もしかして、警察の方ですか」

「ええ。そうです」友永は答えた。

「広瀬のところにいらっしゃったということは、五城さんの事件の捜査ですか」

「ええ。まあ」

「刑事さん、お願いします」女性は深々と頭を下げた。「結婚式の前に殺されるなんてあんまりです。お母さまもあんなに広瀬を可愛がっていたのに。犯人は絶対に許せません。絶対に捕まえてください」

必死の形相だ。それだけ後輩の身を案じているのだろう。

「全力を尽くします」友永と木皿は頭を下げた。

顔を歪めていた女性は、すぐに笑顔を見せた。

「ごめんなさい。名前も名乗らずに」言いながらポケットから名刺を取り出し差し出した。田中綾香とある。ニュース報道でよく見る顔だ。

友永と木皿も、帳面（警察手帳）から名刺を取り出し、差し出した。

「事件のことで何かお気づきの点がありましたらご連絡ください」

「ありがとうございます」

田中は名刺をじっと見ている。

「何かありますか」木皿が訊いた。

「いいえ。あの、私も何か彼女の力になりたいんです。何かできることはありませんか」

言いながら田中は木皿の手を両手で握った。真剣な顔だ。木皿は驚いた顔だ。

「そのときはこちらから連絡させていただきます」

「よろしくお願いいたします」

丁寧に頭を下げた田中は、顔を上げると笑顔を見せて去って行った。

「驚いたな」木皿はしきりと首を振った。「ニュース原稿を読むときは、すまし顔だからわからなかったが、笑うと印象がまるで違う。すごい美人だ」

やれやれ。首を振る。女性から笑顔を見せられたり、スキンシップをされたりすると、男はすぐに舞い上がる。そして好印象を持つ。いつもは晦渋なこの男も例外ではないらしい。

「しかし、テレビ局というのは美人が揃っているよなあ」

じろりと見る。「主任、もしかして喧嘩を売っています?」

「あっ、いや。そういう意味じゃない」

木皿は滑稽なほど手を振った。わたしは女とは見られていないらしい。

「主任はどう感じました」

「何が?」

「愛理の印象ですよ」

「印象もクソもない。愛理は事件とは関係ないだろ」

「どこか違和感を覚えませんでしたか？」

「違和感ってどんな？」

「なんていうかな。気負っているというか、構えているというか」

「そりゃ、婚約者の母親が殺されたんだ。無理もないだろ」

「郁子の印象を聞いたとき顔色が変わりました」

「よほどショックだったんだろ」

「それだけでしょうか」

「どっちでもいいよ。今日は翔平のアリバイ確認に来ただけだ。愛理は関係ない。それとも友永、お前、愛理が事件に関わっていると疑っているのか？」

「いや。さすがにそれはないと思います」

「だったらいいじゃないか。何に引っかかっている」

「うまく説明できません」

木皿はふん、と鼻から息を吐いた。「女ごころは俺にはわからんね」

木皿に言っても無駄か。友永は内心首を捻っていた。犯罪被害者の家族は茫然自失しているか、あるいは見苦しいほどの動揺と、焦燥を見せる者がほとんどだ。親しい者の命が理不尽に失われたら誰だってそうだろう。愛理の態度は立派だった。凛としているといっていい。それだけに違和感を覚える。愛理はどうしてあれだけ堂々としているのか。

第二章　布石は悟らせずに打つ

1

　事件の発生から一週間が過ぎた。

　目に見えた進展はない。貝山は帳場に戻った捜査員たちの報告を仏頂面で聞き終えると、ご苦労さん、といってすぐに横を向いた。貝山の態度が捜査の進捗を物語っている。付近の防犯カメラを全て洗ったが事件に関係すると思われる映像はなかった。顔見知りの犯行ではないか。友永の進言を裏付けるような証拠も出てこない。このヤマは長引きそうだ。帳場にはそんな閉塞感が漂っている。

　十八時を過ぎると、友永は腰を上げた。

「すみませんが、今日はお先します」

「おっ、彼氏か?」木皿がからかう目を向けた。

「違います」

「なんだよ。教えろよ」

「下僕です」

げぼく……と繰り返し、木皿は口を開けた。どんな想像をしたのだろうか。友永はおかしくなった。

待ち合わせの店はJR長町駅の西側にある。城南署から歩いて五分の場所だ。全国展開している居酒屋で、飲み放題の大きな看板が目につく。暖簾をくぐると、いらっしゃいませ。元気のいい挨拶が飛び込んだ。

店内を見回してすぐに目当ての男を見つけた。掘りごたつ席で片手を挙げているのは捜査一課の天木《たかぎ》完俊《ひろとし》警部補。捜一では天俊《たかとし》と呼ばれている。二つ上の三十歳。背が高く、目鼻立ちのはっきりとしたイケメン。気さくで華があり、どこに行っても輪の中心になる男だ。その笑顔は女殺しの異名を取っている。無理もない。天木の笑顔を見ると、友永でさえ心を奪われそうになる。天木とは別の帳場でコンビを組んだ。頭が切れるが、それ以上に独創的な発想の持ち主で、宮城県警で天木だけは自分より上。友永はそう思っている。

「お待たせしましたか」にこりともせずに訊く。

「時間通りだよ。俺が少し早かっただけさ」

九十分の飲み放題にして、揃って生ビールを頼んだ。天木はメニューを開き、焼き鳥とカニ味噌、イカの姿焼きを頼んだ。友永はジャーマンポテトに塩焼きそば、サイコロステーキを追加した。テーブルはすぐにいっぱいになるので精力的に食べなければならない。ジョッキで乾杯すると、天木は両手を組んで肘をテーブルについた。

「急に飲みたいだなんて何かあったのか」

「飲まなきゃやってられません」

「お前、いつもそうだな」天木は首を振った。

「急に飲みたくなった、というだけではだめですか」

「お前のことだ。何かあるんだろ」天木は焼き鳥を口に運んだ。

見抜かれている。やはり天木だ。

「岩沼の帳場は目星が付いたそうですね」

「耳が早いな」

「噂になっています。難航しかけた事件に天木班を投入したらすぐに解決したって」

「うちの手柄じゃない」天木は手を振った。「捜査員たちが集めた膨大な証拠があったからたまたま真実が見えたというだけさ」

偶然なんかじゃない。眼力と筋読みが一流の刑事の証だ。

「結局、第一発見者が犯人だったのですか」

「少し違うな。遺体が公園で発見され、第一発見者であり、交際していた男が自ら警察に足を運び事情を説明した。証言に矛盾はないし、アリバイもあった。前向きに捜査に協力する姿勢に、捜査員たちもまんまと騙されたというわけさ」

「だが、天木警部補には通用しなかった」

「そうさ。俺は人が悪いからな」

「だが刑事としては優秀だ」

「お前からそんなことを言われると、裏を勘繰りたくなる」

友永が拳を振り上げて見せると、「おおこわ」天木はおどけた。

「それで？」友永は顎を上げた。話せ、の仕草だ。

「お前、相変わらず態度が悪いな」そう言いながらも怒る素振りも見せず、天木はジョッキの残りを喉に流し込むと、店員を呼んでお代わりを注文した。

「それで、じゃ何を訊きたいのかわからん」

「岩沼の次はどこに行くんです？」

「うちの班員は残務整理があるから岩沼から動かせない。上は、俺だけでもこき使いたいらしい。どっちの帳場になるかはまだ決まっていない」

天木の注文したビールが届いた。友永は残りを飲み干すと、店員にお代わりを頼んだ。天木がじろりと見た。

「お前、何に引っかかっている」

「金目当てのタタキというのが今のうちの見立てです。だが、違う。おそらくホシは顔見知りのはず」

「そういう話なら上司に言え」

「言いましたが相手にされませんでした」

「お前、どうしてそう思う」

「短時間のうちに殺したからです。年寄り相手に、顔を知らない強盗なら扼殺まではしないはず」

「まあ。確かにな」天木は、ふと気づいた顔になった。「何か心当たりがあるのか」

「ありますが、先入観を与えるから今は言えません」

天木の腰がくだけた。「じゃあ、何をしたい」

「花壇の事件との関連を知りたい」

天木の眼光が鋭くなった。「関連があるのか」

「同じ日に、しかも前後するような時間帯に殺人事件が起きたんです。まずは疑ってかかるべきでは」

「それは愚痴か」天木は疑いの眼差しだ。

「いいえ」友永は顎を引いた。「このことが青葉区の帳場に流れますように」

「岩沼署に詰めている俺に言ったところでどうにもならない」

「青葉区の指揮を執っているのは徳田係長ですね」

徳田は天木の直属の上司だ。「そのために呼んだのか」天木の首ががっくりと折れた。「目上を使うとはひどい奴だ」

「頼みますよ先輩。ここはごちそうしますから」

「だったら、もっと高い店に行けばよかった」

「そうなれば払わずに逃げます」

「ひどい奴だ」

天木は大げさに首を振ってあきれてみせた。友永はジョッキを手に取った。後はこの男に任せておけば大丈夫だろう。

「そういえば、意外な人物に会いました。杜の都テレビのアナウンサー広瀬愛理です」

「えっ。広瀬愛理がどう関わる？」

「ガイシャの息子の婚約者」

「広瀬愛理が結婚するのか」

「ショックですか？」

「まさか」天木は手を振った。「タイプだと思って見ていただけだ」

「すごい美人ですからね」

「お前だって美人だろ」

友永は眉間に皺を寄せた。「だって、とは失礼な」

明らかな社交辞令。天木はにやりとしたが、すぐに真面目な顔に戻った。

「たしかに美人だが、それだけじゃない。頭の回転が速く、人柄がいい。それが視聴者にも伝わるから人気なのだろう」

「そうですね」

「それに、どこか寂し気な翳《かげ》がある。男から見れば、それも魅力なのかもしれない」

「ふうん」友永は斜に構えた。「さすが女殺し。言うことが違いますね」

「なんだ。俺に絡むな」

「いい気になっているのを見るといじめたくなります」

これは、他の女を褒めないで、を置き換えた言葉だ。

「気をつけます」天木は肩をすぼめると、ジョッキを持って喉に流し込んだ。天木はハイボールを、友永は生ビールを注文した。友永は最後までビールだ。

天木に勧められ、残った一本の焼き鳥を取ると、天木は店員を呼んで空いた皿を渡し、レバニラ炒めを追加した。ハイボールが届くと、天木は一口飲んでテーブルに置いた。

「お前、広瀬さんを疑っているのか」

「どうしてそんなことを訊くんです?」

「お前が関係のない話題を出すわけがない。何かあるんだろ」

さすがだ。友永は嬉しくなった。

「今回は息子のアリバイを確認するために行っただけです」

「だったら、どうしてそんなに気にしている？」

「印象です。近しい人物を殺されて、怒りも動揺もあるはずなのに、何の素振りも見せない。出来過ぎている印象を受けます。愛理だけじゃなく翔平もそうです」

「ふうん」天木は考え込む表情を見せた。

「お前の見込んだ通り、ホシが顔見知りだとしたら、翔平と愛理が事件に関わっているということか？」

「それはないと断言できます。二人とも極めて誠実な人間です。母親を殺して知らぬふりをするような人間とは思えない」

「正直に言え。お前、このヤマをどう読んでいる」

「金を盗んだのはタタキに見せるための偽装。ホシの目的は郁子を殺害すること」

天木は口を結んだ。眼光が鋭くなっている。

「なぜ郁子を殺す？」

「一般論でいえば怨恨。でも、郁子は憎まれるタイプじゃないし、仮に殺したいほど憎んでいるとしたら、きっと誰かが気づいているはずです。おそらく別の理由」

「最後まで言えよ」

「怨みや憎しみじゃないとすれば、殺人を犯すほどの動機は何です?」

「目上に言わせるな」

「いいえ。捜一のエースの口から聞きたいです」

「まったくお前は」天木が首を振る。友永は精一杯の作り笑いをした。

「例えば、存在が邪魔だった、とか」

「つまり口封じですか。どんな理由が考えられますか?」

「それを調べるのはお前だろ」

「いいから聞かせてください」

「仕事上のトラブルかもしれんし、プライベートかもしれん。全ての可能性は否定できない。一つずつ潰すのが俺たちの仕事だ。お前、心当たりがあるのか?」

「まったくありません」友永は胸を張った。

「健闘を祈るよ」

天木が言葉通りに受け取ったかどうかはわからない。天木はグラスを飲み干すと、店員を呼んでお代わりを注文した。

2

翌週の月曜日、朝の捜査本部会議が終わり、会議室を出ようとした友永は貝山に呼び止められた。貝山は憮然とした表情。口をへの字に曲げている。いつにも増して機嫌が悪そうだ。

「捜一の徳田係長から連絡があった。うちのヤマの話を訊きたいそうだ」貝山は言葉を止め、厳しい目で見た。「お前、何かしたか？」

首を捻る。「何か、とは何ですか？」

「徳田係長と面識は？」

「遠くから見たことがあります」

「お前をご指名だ。話を訊きたいらしい」

「光栄です」

貝山は胡乱《うろん》げな目で見ている。この女は何をしやがった。そう言いたそうな顔だ。

「まあいい」貝山は鼻から息を吐いた。

「管理官と話したんだが、向こうの事件との関連性を検証することにした。お前、青葉中央署の帳場に顔を出してこい」

「わかりました」

貝山は睨んだ。「いいか。お前は単なる情報連絡員。訊かれたことに答えるだけだ。間違っても自分の意見を言うんじゃねえぞ」

友永が仙台青葉中央署の帳場に入ると、部屋の奥に座る男が手招きをした。捜一の徳田係長だ。徳田はこちらを見ている。睨んでいるわけでもないのに緊張する。全身から感じる威圧感。さすがに捜一の警部だけある。

「城南署刑事課の友永です」

友永は徳田の前に立ち頭を下げた。

「天俊から聞いた。面白い奴がいるから話を聞いてみろとさ」

首を振る。「気に入っていただければよいのですが」

「空手の世界チャンピオンらしいな」

「遥か昔。中学生のときです」

「揉め事は常に殴って解決するとか」

「時と場合によります」蹴ることもある。

「事実なのか」徳田はニヤニヤと笑った

「少し尾ひれが付いています」

「美人だが、やべえ女らしいな」

後でぶっ飛ばす。「よろしくお願いいたします」友永は頭を下げた。

「おう、まあ座れ」徳田は顎を上げた。視線の方向にパイプイスがある。友永はイスを徳田の前に置くと、腰を下ろした。

「貝山から大体は聞いている。お前の筋読みを聞かせろ」

「個人的な意見でいいのですか」

「それを聞いている」

「犯人は短時間のうちに殺害して逃走しています。多額の現金が盗まれていますが、目的は殺害だと思います」

「なぜ？」

「手で首を絞めて扼殺しています。郁子は体力のない年寄りです。窃盗目的で侵入した賊が問答無用で殺すでしょうか。殴るなり、口を塞げばいいだけです」

「それだけか？」

「頸椎が複雑骨折していました。犯人は男、しかも相当な力で首を絞めています。明確な殺意がなければできないことです」

「なぜ殺した」

「ガイシャに問答無用で殺されるほどの理由が見つかりません。だとしたら、動機は怨みや憎しみではないのかもしれません」

「じゃあ何だ」徳田の眉間には深い皺が寄っている。

「存在自体が邪魔だった。あるいは、知られては困る秘密を知られてしまった。要するに郁子の存在自体が許容できないものだった可能性があるのでは？」

「ふうん」徳田は鼻から息を吐くと、腕組みをした。

「思いつきで来たというわけじゃなさそうだな。お前、うちで何を捜す気だ」

「動機です。犯人は何のために郁子を殺さなければならなかったのか」

「なぜうちのヤマとつながりがあると思う？」

「偶然という要素は排除して考えるべきです。時間と距離が近い。これだけでも検証する必要があるとは思いませんか」

「それじゃ弱いな」

「どちらの事件もホシは明らかな殺意を持っています。何か共通点があると疑ってかかるべきです」

徳田の顔つきが険しさをました。「それだけか？」

「仙台は狭い。同じ地元の財界人です。どこかで接点があっても不思議じゃない」

「ふうん――。だからうちの話を聞きに来たというわけか」

徳田は考え込んでいる。ここでアピールしなければ始まらない。

「五城家と坂東家のつながりは確認しましたか？」

「いや。まだだ。その視点はなかった」

「個人的な意見ですが、まず、それを確認すべきかと」

徳田は腕組みをほどき、両肘を机の上に置いた。

「何も出なかったときは？」

鼻で笑う。「次の可能性を探るだけです」

「ふうん。自信満々と言った面だな」

徳田は苦笑すると、よし、と言って立ち上がった。

「お前、今日からこっちの捜査本部にも詰めろ。貝山には俺から話を入れておく。捜査本部二つの二刀流だ。なあに、メジャーリーグの大谷翔平に比べれば大したことじゃない。できるだろ」

「よろしくお願いいたします」

「手始めに何をする」

「決まっています」友永は胸を張った。「現場を見せてください」

捜査一課のベテラン刑事・野口警部補とともに坂東邸に向かった。野口は天木とは別の班の班長だ。強面で坊主頭。額には目立つ傷があり、厚みのある牛のような体をしている。電車に座ると必ず左右が空くという男だ。

坂東邸のある青葉区花壇は藩政時代からある町で、古くは仙台藩の刑場もあったらしい。今では高級住宅が多くあり、その中でも坂東邸はひときわ目を引く。二階建ての純日本家屋。間取りは九ＳＬＤＫ。建物面積は四百四十七平米もある。建てたのはガイシャの両親だが、歳老いた今は会社近くのマンションに住んでいて、この豪邸に住んでいるのはガイシャ夫妻だけだ。

「この家も広瀬川を見下ろせるんですね」

坂東邸のリビングに入った友永は、野口に話しかけた。

「向こうの現場もそうなのか？」

「ええ、高台ですから見下ろすようなロケーションです」

「どっちが立派だ？」

「広さはこちらですが、向こうは新しいし、洋風です。調度品のセンスも向こうが上だと思います」

「ここも十分に立派だと思うけどな。金持ちは皆、こういう家に住んでいるのかねえ」

「そうかも知れませんね」

友永は川の流れの奥を見た。蛇行していて五城邸のある対岸は見えない。

「五城邸は見えませんが、至近距離ですよね」

「直線距離なら一キロもないだろ。この辺りは慢性渋滞だからクルマなら時間がかかるだろうけどな」

「自転車ならどうでしょう」

「鹿落坂《ししおちざか》は急傾斜の上り坂だ。自転車じゃきついだろ。スクーターなら十分もかからずに行けるんじゃないか」

「そうですか」友永は置いてある写真立てを見た。ガイシャ夫婦のものだろう。

坂東博之、三十七歳。

仙台市内で複数の葬祭会館を営む株式会社『四季の彩り』の専務取締役。小柄で痩身。髪を明るい色に染めている。一重の目に薄い唇。情の薄そうな顔だ。頭がよさそうには見えない。底意地が悪く、しかも軽薄そのものといった印象を受ける。

「好感の持てる顔じゃないですね」

くくく、と野口は笑った。「評判は最悪だ。身の程知らずのボンボンらしい」

「主任はハッキリと言うんですね」

友永はにやりと笑った。気を使わないで済みそうだ。

「こっちが女房ですか」

坂東瑞希、二十八歳。

葬祭会館等に生花を納入する『フラワーアレンジメント四季』の代表取締役社長。節税対策のグループ企業だろう。目鼻立ちはそこそこ整っているが、生意気で、底意地の悪そうな顔だ。首を捻る。夫婦ともにいい印象をまったく持てない。

「この女のどこがよかったのでしょうか」

「お前さんも口が悪いな。そういうのは嫌いじゃないぜ」野口は顎をしゃくった。

「この女も評判は最悪だ。高慢ちきで、嫌な女らしい。思ったことをズバズバ言う性格と、物怖じしないところが気に入られたそうだ。もっとも、人によっては違うことを言う人もいる」

「なんですか」

「これさ」野口は胸の前で手を丸めて見せた。「すごい巨乳だそうだ」

ありえない。首を振る。

「そんなことで一生の伴侶を決めるのですか」

「人生の半分は性生活だからな」

同意できない。半分ではないだろう。

二階へと上がった。階段を上り切ったところがダイニングキッチンになっており、ここから各部屋に行ける。二階に四部屋あり、夫婦が二つずつ使っていたらしい。夫婦の遺体が見つかった寝室に入り合掌する。和室を改装した部屋で、壁がビニールクロスだが天井が和風なのでちぐはぐな印象を受ける。

「現金は手付かずだったんですよね。盗まれたものは何もなかったのですか」

「断定はできない。何しろ住人が二人とも殺されたからな」

頷く。坂東の書斎兼趣味の部屋へと入った。書棚の中は個人的な趣味の本や漫画ばかりだ。本棚に置かれた万年筆に目を留める。銀の羽根飾りが付いた風格ある逸品。よほどの高級品だろう。

「仕事関係の書類はまったく置いていないのですね」

「オンオフの切り替えがはっきりしているのか、仕事が葬儀屋だからプライベートまでは考えたくないか、まあどっちかだろう」

友永は書棚のフラットファイルを抜き取った。青葉まつりと背表紙に書いてある。

「お祭りが好きなのでしょうか。こっちには七夕まつり、光のページェントもある」

「養賢《ようけん》青年団の活動だよ。商工会議所の青年部らしい。殺された坂東は団長だった」

そういうことか。「ずいぶんと変わったネーミングですね」

「養賢堂というのは藩政時代伊達藩の藩校だ。仙台で財界人を気取る連中は若い頃は養賢青年団、歳をとると商工会議所に入るというのがお決まりのコースらしい」


その夜は、坂東夫妻の偲ぶ会が行われた。

葬祭会館の千人が入るというホールには、あいにくの雨模様にもかかわらずひっきりなしに弔問客が訪れている。

会場のあちらこちらには弔問客に交じって捜査関係者が詰めている。友永は青葉中央署の捜査員に交じって一般参列者席に座っていた。読経が始まったころ、不意に左肩を叩かれた。振り向くと野口が無言で顎をしゃくった。ついてこい、と言いたいらしい。友永は隣席の捜査員に会釈すると後を追った。

野口が案内したのは、中二階にある照明と音響関係の操作室だった。弔問客に対して正対するような位置にあり、弔問客の顔が一望できる。

「よくこんな部屋を見つけましたね」

「こういうことには鼻が利くんだよ」

「ここで参列客の顔を観察するのですか」

「そうしてくれ。俺は老眼だからよく見えん」

友永はじっくりと参列者の顔を見渡した。

「どうだ。何か気づいたか」

「悲しんでいる顔はほとんど見られませんね。財界関係者というのは、こんなに冷淡なのでしょうか」

「人は正直だ。愛情には愛情で、憎しみは憎しみで返す。金と地位はあったのかもしれんが、あの夫婦は心の通じ合うような付き合いはしてこなかったんじゃないのか」

読経が終わり、会場は焼香が始まっている。参列客が前に進み、三か所に分かれて焼香を済ませていく。その人物を見たとき、友永は声を漏らした。

「どうした?」

「真ん中の列です」

立っているのは髪を後ろに一つに結んだ若い女性。

「おお。すごい美人だな」

「知らないんですか。杜の都テレビの広瀬愛理です」

「ああ。道理で見た顔だ」

愛理の番になった。愛理は緩慢な手つきで所作を行い、やがて顔を上げた。

友永は息を飲んだ。

美しい顔に浮かぶのは深い怒り。いや、呪いを秘めたような顔だ。あれはちょっとやそっとの感情じゃない。まるで親の仇でも見るような目だ。どうしてあんな顔をするのか。愛理はくるりと背を向けて歩き出すと、人混みに紛れた。

青葉中央署の帳場に戻り、広瀬愛理の件を話すと徳田は興味を示したが、何も言わなかった。友永はその足で城南署に戻った。

「広瀬愛理だと」聞き終えると貝山は呟いた。「一人で参列したのか？」

「芳名帳を確認しましたが、会社関係者と参列したようです」

「徳田係長はなんと？」

「何も言われませんでした」

「あの人らしいな」貝山は笑った。「捜査員に余計な先入観を与えるから推測でものは言わない。何も言わないということは、気になっているんだろ。いいさ。こっちの関係者だ。調べてみる」

「できれば、坂東との関係もお願いします」

「まあ任せろ。それより、お前はどうする？」

「明日、坂東の交友関係の聴き取りをするそうです。できれば同行したいです」

「わかった。それでいい。ただし――」貝山は凄んだ。

「お前はうちの人間だ。報告は必ず俺にも入れろ」

3

翌日の十四時、友永は野口とともに、宮城野区榴岡《つつじがおか》にある葬祭会館『四季の彩り』の本社を訪ねた。応接室に現れたのは黒いスーツを着た若い女性。縦縞ブルーストライプのシャツにスカートは膝上だ。肩まで伸びた髪は軽くウエーブが効いている。年齢は三十歳になるかどうかといったところだろう。目鼻立ちはそう悪くはないが、さほど美人でもない。二人は立ち上がって会釈した。

「何度も申し訳ありません」野口が頭を下げた。

「そんなことはございません」

総務課長の栗原渚は、少し顔を強張らせながらそう答えた。

「会社のほうは落ち着かれましたか」

「まだまだです」栗原は顔を歪めた。「あんな事件の後です。社員も動揺しています」

「そうでしょうね」野口は神妙な顔つきで頷いた。

「それで、今日はどのようなご用件でしょうか」

野口が身を乗り出した。「いくつか確認させていただきたいことが出てきましてね、ご協力いただけますすか」

「はい」

「事件当日のアリバイについて確認させていただきます。十九時から二十時までの間、あなたはどこにいらっしゃいましたか」

栗原の顔に困惑が浮かんだ。

「あのう、この前も同じことを訊かれたと思いますけど?」

「でしたら記憶も鮮明でしょう」

栗原のコメカミの辺りがぴくぴくと動いた。本人には気の毒だが、こうしてプレッシャーをかけ、反応を確認するというのは捜査の重要なイロハだ。

「まだ社内におりました。帰るときにタイムカードを打刻しましたし――」

「他の複数の社員も見ていた」言葉を遮《さえぎ》って野口が言った。

「ええ、その通りです」

「帰られた時間は?」

「十九時五十四分です」

「ご自宅はどちらですか」友永が訊いた。

「泉区の鶴ケ丘です」

「通勤手段は？」

「マイカーで通勤しています」

「車種と登録番号をお願いします」

「えっ」栗原は不安そうな顔を見せた。動揺が見て取れる。

「どうかしましたか」

「どうしてそんなことまで訊くのですか」

不安が爆発しそうな顔だ。なぜそんなに驚くのか。

「あなたを疑って訊いているわけではありません。それがルールなんです。調書に書かなければいけませんから」

はあ、と言って栗原はためらっている。

「何かまずいことでもありますか」

「そんなことはありません」

焦った顔。何かある。友永はじっと見ていたが、

「では、お願いします」すぐに言った。

栗原は口を結ぶと、鼻から息を吐いた。

「フィアットの５００です。色は白で、ナンバーは６０５です」

「希望ナンバーですか」

「はい。誕生日です」

書き終えると手帳を閉じ、野口を向いた。選手交代だ。

先ほどから野口はねっとりとした目で栗原を見ていた。無言でプレッシャーをかけていたのだ。栗原の顔には焦りが見える。

「これからお聞きすることに正直にお答えいただけますか。隠し事をしたり、嘘をついたりしたら立場が悪くなりますよ」

「どういう意味でしょうか」

「言った通りの意味です。今はこうして大人しく訊いていますが、齟齬《そご》するような事実が後から出てきたら、重要参考人、あるいは容疑者として見ることになる。わかりますか。拘束して警察署で取調べを受けていただくことになります」

栗原の顔が、わかりやすく青ざめていく。

「あなたと坂東博之氏の関係を教えていただけますか」

栗原はぎょっとした表情を見せた。

「それは、会社での関係以外という意味ですか」

野口は答えない。じっと目を見ている。栗原は目をキョロキョロと動かし、動揺が隠せない様子だったが、やがて息を吐くと顔を上げた。覚悟を決めた顔だ。

「付き合っていました」

野口は体を起こした。「いつからですか」

「最初に付き合ったのは五年前、二十三歳のときでした」

「坂東氏は奥さんの瑞希さんと付き合っていたのではないですか」

「最初に付き合ったのは私なんです。同期入社だった私は友達として瑞希を坂東に紹介しました。でも坂東は瑞希に手を出して」

「それでどうしました?」

「馬鹿にするなと思いました。すぐに別れてやりました。瑞希とも縁を切りました」

「なるほど」野口は頷いた。「気まずくはなかったのですか」

「それはあの二人のほうでしょう。こそこそと視線を避ける姿を見て、私がここにいるほうが復讐になるんだと思いましたから」

「お付き合いが復活したのはいつですか」

「一年ほど前です。食事に誘われて、今までのことを謝られました。坂東は瑞希に愛想が尽きたらしく、別れたいとしきりにこぼしていました。君を捨てたのが間違いだったと何度も謝られました。私も最初は悩みましたが、やられたことをやり返すわけだし、今までの怨みが晴らせると思って」

「それで交際を復活させたということですか」

栗原は深々と頭を下げた。

「黙っていて申し訳ありませんでした。不倫なので自分からは言えませんでした」

「事情はわかりました。あなたが坂東氏と交際していたことは早いうちから掴んでいました。お話いただいてよかったです。嘘をつかれたら連行するつもりでしたから」

顔を強張らせながら栗原は頭を下げた。

「単刀直入にお伺いしますが、あなたは坂東夫妻を怨んでいましたか?」

「とんでもありません。別れた直後はともかく、今は私のほうが不倫関係にあったんです。怨まれるなら、むしろこちらのほうです」

野口は表情のない目で見た。

「坂東氏が許せなかった。あるいは瑞希さんが邪魔になった、とか?」

「ち、ちがいます」

栗原は大きく目を見開きながら、両手を前に突き出した。

「私は事件には一切関わっていません。刑事さんだってアリバイを確認したでしょう」

「タイムカードは証拠にはなりません。それに、第三者を使って犯行を行うことは可能です」

「そんなことはしません」

栗原は必死の形相で訴えた。その顔は焦燥を通り越して泣きそうになっている。じっと見ていた野口は、「わかりました」と頷いた。

「あなたを信じましょう」

栗原はホッとした顔で座り直したが、すぐに不信の目で刑事たちを見た。信じていいのか、探っている目だ。

「ご夫妻それぞれの性格や交友関係など知っている限り教えていただけますか」

野口の問いに栗原は素直に答えていった。ひとしきり聞き終えると友永はメモを取る手を止め、野口と代わった。

「そうすると、瑞希さんのほうは別れる意思がなかったわけですか」

「坂東はそう言っていました」

「あなたは坂東氏と結婚できなくともよかったのですか」

「いいえ」栗原は首を振った。「瑞希も不倫をしていたそうです。証拠を押さえるから探偵を雇うと言っていました。だから私もそれまでは待っていようと思っていました」

ダブル不倫。ちらりと野口を見た。野口に変化はない。想定の範囲内、それとも知っていたのかもしれない。

「瑞希さんの不倫相手をご存知ですか」

「そこまでは知りません」

頷く。それはまあ、そうだろう。

「一度あなたを捨てて、今度はその相手を裏切って戻ってくる男を信じられるのですか」

「いいえ。これっぽっちも信じていません。どうせ坂東は私と結婚してもすぐに他の女に目が行くと思います」

「ならどうして?」

「坂東家は資産家です。両親は高齢だし、いずれ財産を相続することになります。目移りするならそれで構いません。いただくものはきちんといただきます」

声に出さずため息をつく。不倫するような男と女だ。どっちもどっちらしい。お前は金を貰えば満足するのか。はっきりとそう言ってやりたいが、さすがにこらえた。

「他に夫婦間のトラブルを聞いていませんか」

「さあ」栗原は首を捻った。

「些細な愚痴でも結構です」

「坂東が、テレビに出ている女性を見て付き合いたいと言ったら、瑞希が怒り出して大喧嘩になったことがあったみたいです」

友永は苦笑した。「そりゃあ、自分という妻がいるのにそんなことを言われたら誰だって怒るでしょ」

「坂東はその女性の大ファンでしたから、言い方も悪かったんだと思います」

「どんな言葉でしょう」

「あまり口にしたくはないのですが」

「深く考えずにおっしゃってください」

「その人が出ると、坂東は必ず言うんです。やりたい、と」

「下品な言葉ですね」

人間性がその一言に凝縮されている。吐き気の出るような男だが、栗原に怒っても仕方がない。

「その芸能人が誰かわかりますか」

「芸能人ではありません。杜の都テレビの広瀬愛理です」


事情聴取を終え捜査車両に戻るとき、ちょっと待ってくださいと野口に声をかけ、友永は駐車場を歩いた。駐車場の一番奥に停めてあるのは白いフィアット500。ナンバーを確認する。605。間違いない。栗原の車だ。

「どうした？」

「単なる確認です」

「何を確認するんだ？」

「車種を訊いたとき、ひどく慌てていました。いったい何だろうと思いまして」

「ああ。確かにな」野口が顎を上げた。「何を慌てていたんだろうか」

同じ感想を友永も持った。わかりませんね。首を捻った。

青葉中央署の捜査本部に戻ったとき、ちょうど貝山が連絡に来ていて合同で報告する形となった。栗原渚が坂東博之と不倫してことを捜査本部ではすでに掴んでいる。事件への関与があるか。その一点が今日の事情聴取の目的だが、可能性は低い。野口の報告に徳田は表情のない顔で頷いた。

友永は、坂東が愛理の大ファンだったことを報告した。やりたい、と常日頃から口にしていたこともだ。

「だからといって関係があるとは思えんな」

徳田はそう断じた。同意できず、友永は口を結んだ。

「広瀬愛理に会ってきたぞ」横から言ったのは貝山だ。

「焼香に行ったのは青年団が仕切っている七夕花火祭とか光のページェントなどの大規模イベントを通じて何度か会ったことがあるからだ」

「どうして遺影を睨んでいたのでしょうか」

「立ち上がったとき、貧血で目眩《めまい》がしたそうだ。その顔を見られたんじゃないかと」

「いいえ。とてもそんな顔ではなかった。あれは怨念を込めた顔でした」

「おいおい。穏やかじゃないな」

徳田は野口を向いた。「どうだ?」

「それほど恨んでいるなら出席はしないでしょう」

友永は睨んだ。「いいえ。何かあると考えるべきです」

「お前さんも頑固だな」

あきれたように野口が言う。貝山は小さく頭を下げると友永を睨んだ。お前は黙っていろと言いたいのだろう。ここは無視だ。

「まあ、広瀬の件は頭に入れておこう」

そう言われたらそれ以上は言えない。友永は口を尖らせたが、徳田は気づかぬ態で野口を向いた。

「瑞希のほうも不倫していたと言ったな」

「そっちの可能性はありませんか」

「女房の不倫相手か」徳田は腕組みをした。

「ない、とは言えんが、二人とも殺すだろうか」

「そう思いますが一応確認すべきかと」

そのとき、会議室のドアが開いた。

反射的に振り向いた友永は目を見開いた。友永に釣られるように捜査員たちが首を回した。立っていたのは捜一の天木警部補だ。捜査員たちの間に、おお、というどよめきが起こった。視線が集まり、天木は戸惑った表情をしている。

「遅かったじゃないか、天俊」

野口が立ち上がり、駆け寄って天木の肩を叩いた。

「そりゃどうも」

天木は野口を抑えると、徳田の前に立った。徳田はちらりと友永を見て顎を上げた。

「美人で頭が切れるが、口が悪くて思ったことは何でも言う。お前の言った通りだ。お前、責任を取れよ」

天木を向いて冷たい一瞥《いちべつ》をくれる。「言ってくれますね」

「枕詞《まくらことば》に美人を付けたんだ。文句を言うな」

「そんなことで騙されませんよ」

つん、と澄まして横を向く。捜査員たちがどっと受けた。天木と一緒に働ける。友永は気分が高揚していくのをまざまざと感じた。

4

翌日の水曜日、青葉中央署を出た天木は、友永を隣に乗せて捜査車両を西へと走らせた。目指すのは宮城県の北部にある杉沢町。古川市の北方に位置し、高速を使えば仙台から片道一時間ほどの道のりだ。

助手席の友永は上機嫌だ。普通、捜査車両を運転するのは若手と決まっている。カイシャ（警察）だけじゃない。どこだってそうだろう。なのにこいつは、さっさと助手席に座り込んだ。天木は仕方なく運転席に座った。

「お前、もしかして運転に自信がないのか？」一応訊いてみた。

「プロ級です」

「はあ？　だったらどうして運転しない？」

「一度運転すると、二度としなくていいと言われるんですよ。どうしてだろ」

恐ろしく下手か、あるいはとんでもなく飛ばすかのどちらかだろう。

はあ、と声に出してため息をつく。こいつと一緒にいると疲れそうだ。

瑞希の不倫相手の素性を捜査本部では既に掴んでいた。瑞希の携帯に通話とメールの履歴が残っていたからだ。既婚者なのに堂々と不倫をする瑞希にも驚くが、相手の男の迂闊《うかつ》さにも驚く。しかもスマホに住所登録までしているのだからあきれる。

薮田《やぶた》和利。二十八歳。

杉沢町の出身で、高校卒業と同時に仙台に出ている。自動車整備の専門学校を卒業したが、就職したのは東北一の繁華街・国分町のキャバレー。下積みを三年ほどして自分の店を出した。本番ありのキャバレー。好評を得て系列の店を三店舗出したが、去年の末で全て譲渡して、杉沢町に戻っている。

天木と友永が杉沢町に着いたのは十三時三十分過ぎだった。

杉沢町は宮城県の北部に位置し、旧国道四号線沿いにある町で、二十年ほど前にバイパス道路ができてからは、町の中心部はめっきりさびれた。それでも近郊の築館《つきだて》や古川に働き口があるため、今でも若者の数は多い。目指す住所に着いた。塀のない開放的な敷地。奥にアメリカンガレージ風の洒落た建物がある。敷地に駐車場は八台ほど。停めてあるのはアルファードにクラウン、そしてランクル。いずれも濃いスモークフィルムが張られ、中が見えない。本人の車か、あるいは来客のものか。いずれにせよ、まともな人種ではなさそうだ。

捜査車両を敷地端の区画に停め、歩き出す。ガレージの中には車が一台置いてあり、ボンネットを開けて男がエンジンルームを覗いている。周りに若い男が三人立っていた。

「すみません」

友永が声をかけたが、返事がない。音楽の音で聞こえないようだ。昭和を彷彿させるロック。友永はずかずかと奥に歩いて行った。三人が友永に気づいて振り返った。手前にいるのは、百キロくらいはありそうな太った男。パーマをかけた短髪。顎髭が濃い。人相の悪い男だ。他の二人も怪訝な顔で見ている。

「薮田和利は？」

友永がいきなり訊いた。天木はヒヤリとした。挨拶もせずに、突然それはないだろう。手前のデブが顔を歪めた。

「何言ってんだ、てめえ」怒号を放った。

友永に変化はない。表情のない顔で男を見ている。

「お前が薮田か？」

「呼び捨てにするんじゃねえ」男はさらに大きな声で怒鳴った。

「話を訊きたい。静かな場所に案内しろ」

男の顔が真っ赤になった。「何様だ、てめえは」

男は胸をそびやかし、上から友永の顔をねめつけた。

「聞こえなかったのか」

友永は静かに言って睨んでいる。後ろからでも迫力を感じる。猛獣と一緒にいるようだ。男は気勢を殺《そ》がれたようだ。顔を歪めて視線を落とし、「ブスが」小さく言った。

次の瞬間、友永の右足が鋭く動いた。

膝蹴りが男の左脇腹に吸い込まれる。男は膝をついて、脇腹を押さえている。友永は男の髪の毛を片手で掴んで後ろへと捻じり上げた。

「もう一遍言ってみな」

息ができないのだろう。男は喘ぎながら顔を歪めている。お前、やりすぎだ。天木が声をかけるより早く、

「てめえ」後ろの男二人が殴りかかってきた。

友永は手前の男の腹に前蹴りを入れ、くるりと背中を向け、裏拳を繰り出して、後ろの男の鼻先に付けた。目を見開いた男の顔が蒼白になっていく。

「用事があるのは薮田だけだ。お前ら、痛い目に遭いたくなかったら引っ込んでろ」

天木は首を振った。十分痛い目に遭わせただろうが。これはやりすぎだ。組対（組織犯罪対策課）でもこんな扱いはしない。

エンジンルームを覗いていた男が顔を上げた。金髪の短髪をオールバックにしている。凶悪そうで、それでいて猜疑《さいぎ》深そうな目だ。黒のスエットに白いTシャツ。首元から顎にかけて羽根のようなタトゥーが入っている。腕が太く、上半身は見事な逆三角形だ。

男は人差し指を友永に向けた。

「あんた、もしかして生安《せいあん》（生活安全課）の狂犬？」

友永は顎を上げた。「わたしにそんな口をきいて無事だったやつはいない」

男は背筋を伸ばすと、深々と頭を下げた。

「失礼いたしました」そのまま動かない。

「お前は？」友永が訊いた。

「薮田です」

「お前が？」友永はデブを見た。

「そいつはノブ。高橋信繁《のぶしげ》と言います。放してやってください」

「紛らわしい真似しやがって」

手を離すと、びしっと頭を叩いた。気の毒過ぎる。友永は薮田の前に立った。

「どうしてわたしを知っている」

「国分町で金属バットを持った八人組に襲われているのを見ました。十秒もたたないうちに八人とも転がって身動きもしなかった。分町《ぶんちょう》では伝説です」

「十秒じゃない。二秒あれば十分だ」

「それは失礼いたしました」慇懃《いんぎん》に腰を折る。

「お前も加わっていたんじゃないだろうな」

「とんでもない」薮田は両手を振った。「連中は逮捕されましたよね。たしか本職の連中でした」

「その通りだ」

「ノブ。ヒロ。マサ」薮田は三人に帰るように言って、友永と天木を応接セットに招いた。

「わざわざ仙台から来たんだ。用件はわかっているだろ」友永が言った。

「はい」薮田は頷いた。「瑞希の件ですよね」

薮田は坂東瑞希と不倫関係にあったことを正直に認めた。付き合い始めた時期についても、一年前と、スマホの履歴とほぼ一致した。

「ここは?」部屋を見渡しながら友永が訊いた。

「昔、親父がやっていた自動車整備工場です。年末に引っ越すときに改装しました」

「どうして実家に戻った？」

「地元の仲間と楽しくやるほうが性に合っているので」

友永の目をまっすぐに見ながら薮田は答えた。

「瑞希と不倫した理由は？」

薮田は息を吐いた。「中学の同級生なんです。仙台にいたとき、あいつから連絡をくれて。飲んでその勢いで」

「既婚者だぞ。抵抗はなかったのか」

「まったくなかったと言えば嘘になりますが、体だけの関係と割り切ることにしたんです。いろいろな意味で都合のいい女だったから」

友永は顔を下げ、薮田を下から見上げた。

「瑞希が殺されたと聞いてどう思う」

「なんてひどいことをするのだろうと思います」

友永は薮田の目の奥を覗きこんだ。

「お前がやったんじゃないのか」

薮田は目を逸らさない。じっと友永の目を見たまま、

「違います」

きっぱりと答えた。

「ふうん」友永はにやりとした。「構えているな。何かやましいことがあるのか？」

「いいえ。何もありません」

「瑞希が殺害された二月十日の夕方から夜にかけて、どこで何をしていた」

「古川にあるディーラーに修理に出してそのまま待っていました」

友永はディーラーと担当者の名前を訊いた。薮田は淀みなく答えた。

「去年の年末にこっちに戻って来てから、瑞希と会ったことは？」

「一度だけあります。去年のイブイブに同級生に会う用事があるといって、瑞希が実家に帰って来たんです。町内のスナックに同級生たちと集まって飲んで、夜はうちに泊まりました」

友永は何か考えていたが、すぐに唇を突き出した。

「他に事件のことで気づいたことは？」

「別にありません」

嘘をつくとき人は咄嗟に視線を逸らす。世の中にはそれを知っているから逸らさない者もいる。薮田はどっちだろう。

「また来る」

友永はまるで悪役の捨て台詞を口にして腰を上げた。

杉沢町を出て十分ほど走り、スマートインターチェンジから高速に乗った。本線に合流するとクルーズコントロールのスイッチを入れ、天木は助手席を向いた。

「お前、ひどい奴だな」

「何が？」

「相手は被疑者ですらない。いきなり殴ることはないだろ」

「殴ったほうが早い」

「なんだ。生安の狂犬というのは？」

「城南署の前が青葉中央署でした。生活安全課です。女だから舐められないよう頑張ったから」

「いや。普通そこまで言われないだろ」天木はふと気づいた。「そういえば、中央署の生安にやべえ女がいると聞いたことがある。たしか、分町最凶の女だとか」

「こんな美人なのに失礼ね」

天木は首を振った。やばい奴とは思っていたが筋金入りか。

「そんなことはいいです。薮田の印象はどうです？」

「気にはなるが色が付いたとまでは言えない」

「やけに構えていました。絶対何かあるはずです」

「お前が考えなくていい。係長に報告して後は指示を待て」

5

帳場に戻り徳田に報告すると、薮田のアリバイの裏付けは別の捜査員にさせるという。何かある。引き続き当たらせてくれ。友永は食い下がった。

「仕事は組織でするものだ。一人が最初から最後までやるわけじゃない」

「しかし」

「挙動が怪しいのはお前にビビっただけじゃないのか」

「それは大いにあります」天木は何度も頷いている。友永はじろりと見た。

「いいから任せろ。お前らは別にやってもらうことがある」

言いながら徳田は顎を回し、部屋の奥を示した。貝山の姿があった。木皿もいる。

「何かあったのですか」友永が訊いた。

「五城家と坂東家は家族ぐるみの付き合いだった。お前さんの見込んだ通りだ」

頷く。やはりそうか。

「ホテルと葬祭会館。業種は違うが同じ仙台の財界人同士。五城翔平の亡くなった父親と、坂東博之の父親は古くからの知り合いだった」

「父親同士だけの付き合いですか」

「家族ぐるみの交際だ。翔平と博之が小学生の頃は互いの家に何度も泊まったそうだ。坂東の父親が消極的な息子を心配して、いい影響を受けるよう翔平に近づけさせたらしい。博之が小学五年生のとき五城の父親の書斎に入って盗みを働いたらしく、それ以来疎遠になったとは言っていた」

ありえない。友永は首を捻った。

「先日、翔平から聞いた話とまるで違います。坂東のことを訊いたとき、翔平は、名前と顔を知っている程度だと答えました」

「二人とも中学から大学まで私立の奥州学院に進学している。歳は翔平が二学年上だ。博之は商工会議所の青年部である養賢青年団の団長をしている。前任者は五城翔平だ。知らないわけがない」

「そんなことは一言も――。では、郁子も坂東夫妻と面識があったということですか？」

「家に泊めるぐらいだ。面識どころじゃない。博之と瑞希の結婚式にも、五城の両親は夫婦で招かれたそうだ」

友永の顔がみるみるうちに歪んでいく。

「つまり、翔平がわたしに嘘をついたということですか」

「問題はそこだな。どうして翔平が坂東との関係を隠す必要がある」

顔を上げた友永は貝山と目が合った。余計なことを言うな。貝山はそんな目で睨んでいる。

「すみません。すぐには思い当たりません」

徳田は何も言わずに天木を見た。「天俊はどうだ？」

「ここで考えるより、五城翔平から事情を訊くほうが早いでしょう」

「子どもの使いじゃないんだ。考えずに行ってはぐらかされたらどうする。母親を殺されているのにどうして証言をはぐらかす。翔平にどんな理由がある？」

「急にそんなことを言われても」天木は困った顔をした。

「外れてもいいから思ったことを言ってみろ」

「強引ですね」天木は首を振った。そして友永を見た。

「お前、もう思いついただろ」

「はあ？」不意に振られて捜査員たちの視線が集中する。友永は舌打ちしたくなった。

「友永、ご指名だ。続けろ」

仕方ない。じろりと天木を見て徳田に戻す。

「理由については見当がつきません。ですが、もしかしたらと思うことはあります」

「なんだ？」

「広瀬愛理です」

「おいおい、どうしてそこで愛理が出てくる」

「被害者の息子が証言をはぐらかすというのはよほどの理由があるはず。そこまでしても守りたいもの。男にとって大事なものって何ですか。家族以外では女じゃないですか」

「なるほど」徳田は唸った。「だから愛理か」

「今回の事件。何度も愛理の名が出てきます。偶然かと思いましたが、これだけ続くならそうは思えません。なにか理由があるはずです」

「愛理と翔平が事件に関わっていると？」

「二人ともそんな人間には見えません。ですが、何らかの不都合な関わりがあるのかもしれません。でなければ嘘をつく必要がない」

うーん、と再び唸ると徳田は腕組みをした。どこか納得しているような表情だ。今度は天木が怪訝な顔で見た。

「係長、何かあるのですか？」

「翔平はこっちで調べてみよう。お前らはこっちだ」

徳田は傍らの紙を持ち上げ、差し出した。

「坂東博之の携帯の通話履歴だ。坂東は今年に入ってから何度か広瀬愛理に電話をかけている。一月六日には通話履歴もある」

初めて聞く情報だ。ほう、と言って天木は徳田をじろりと見た。

「今頃出て来たわけじゃないですよね」

「上司とはそういうものだ」

捜査員たちは全ての情報を共有しているわけではない。ガセネタを掴まされた場合、全体がやり直しになるのを防ぐためだ。友永は息を吐いた。とはいえ、これはあんまりだ。徳田に悪びれる素振りはない。

「坂東は愛理にどんな用件があったと思う?」

「坂東氏は五城氏の披露宴に招待されているのですか」

「確認はしていない。呼ばれているとしたら?」

「披露宴前に新郎の友人が新婦に直接連絡を取る必要があるとすれば、披露宴で何かしらのサプライズ演出をするとか、普通はそういうことが考えられます」

「違うと?」

「わかりません。下手に推測しているより、愛理に確かめればいい」

釈然としない。なぜ翔平は嘘をついたのか。嘘をつくような人物には見えなかった。何か理由があるのか。それとも、わたしの眼力が足りないだけか。気づくと、天木はこちらを見ている。

「なんですか?」

天木は答えずにやりと笑った。

第三章　破滅の足音

1

愛理が朝のミーティングを終えてデスクに戻ると、パソコンのモニターに小さな付箋が付いていた。水色の水滴型。先輩アナの綾香が使っている付箋だ。

メモには『受付に連絡してね』の一言だけ。さっぱりしている彼女らしい。書いたのは二十分前。来訪者の名前もないそのメモに愛理は不吉な予感を覚えた。

受話器を上げて内線ボタンを押す。受付の女性が出た。

「お客さまが二人お見えになっています。ご用件はお話しにならないのですが、お一人は友永さんという女性。もう一人は同じ年代の男性です」

先日来た刑事だ。愛理は息を吐くと、ゆっくりと首を振った。

「今はどちらに？」

「ロビーでお待ちになっています」

「今から降りて行くと伝えていただけますか」

愛理は階段を駆け下りた。今度は何だろう。何か疑われるようなことでもしただろうか。考えても何も思い浮かばない。

愛理がロビーに降りると、パンフレットコーナーのところに男女が立っていた。スレンダーな若い女性は先日来た友永刑事だ。きれいな人だと思う。今日はグレーのパンツスーツだった。隣にいる男は前回の刑事ではない。もっと若く、背の高い男だ。先日の刑事とは雰囲気が全然違う。優しそうな顔。それに、俳優になれそうなくらいきれいな顔立ちをしている。二人は愛理を見つけると丁寧にお辞儀をした。愛理もその場で頭を下げると、二人に近づいた。

「急に伺ってすみません」友永が言った。

「いいえ。お仕事お疲れ様です」愛理は丁寧に頭を下げた。

「それで、今日はなにか」

「ええ。急に担当替えになりましてね。こちらはコンビを組んでいる天木です」

「天木と申します」

隣の男が警察手帳から名刺を取り出した。愛理は仕方なくポケットから名刺を取り出して交換した。タカギというから高いに木かと思ったが、天の木と書くらしい。珍しい苗字だ。天木は捜査一課の所属だった。強行犯捜査係とある。目が眩みそうになる。今までなら決して交わることのない人種だ。

「義母のことでお世話になります」

「申し訳ないですが、今日は別件なんです」天木が言った。

「別件ですか?」愛理は首を捻った。「どういうことでしょう?」

「立ち話もなんですから座って話しませんか」

天木はロビーの隅にある自販機コーナーの長いすを指差した。愛理が頷くと、天木が先に歩き出した。刑事たちは長いすに並んで座った。愛理は二人から少し離れて座った。

「手短にお願いします。この後が控えているので」

「すみません。お忙しいところ」言いながら天木は手帳を取り出した。

「実は、坂東博之さんのことを調べていましてね。坂東さんは一昨年の六月から商工会議所の青年部である養賢青年団の団長をしていたことがわかりました。前任は五城翔平さんです。このことはご存知ですか」

「はい。五城から聞いたことがあります」

「五城さんから、青年団の活動で何かトラブルなどを聞いていませんか」

「いいえ」愛理は天木の目をまっすぐに見ながら首を振った。

「五城と青年団の話をしたことがありません」

「坂東さんとは面識がありますか?」

「はい。青年団の主催するイベントで何度かお目にかかったことがあります」

「坂東さんと初めてお会いしたのはいつですか」

「たしか、一昨年の光のページェントだったと思います」

「披露宴は来月、三月三日だそうですね。おめでとうございます」

「ありがとうございます。でも、こんな事件の後ですから正直複雑な心境です」

「ご心中お察しいたします」天木は神妙な面持ちで頭を下げた。

「ところで、披露宴の招待者の中に、坂東さんは含まれていますか」

天木はじっと見ている。訊きたいこととはこれか。愛理は首をかしげた。

「お呼びするとすれば五城のほうかと思いますが、ごめんなさい。坂東さんをお呼びしたかどうかは覚えていません」

「両家の招待客の名簿を確認なさらないのですか」

「最初にリストを作ったとき三百人を超えたんです。会場は百五十人が定員ですから、招待客のご都合をお聞きしながらそれぞれ両家で調整いたしました。五城の招待客については最後がどうなったのかは承知しておりません」

「そうでしたか。それでは無理もありませんね」

天木は気の毒そうな顔で言った。

「五城さんと坂東さんは子ども時代からのお知り合いだそうですね。家同士で仲が良かったのだとか」

「そうなのですか」愛理は小首をかしげた。

「申し訳ございませんが、聞いたことがありません」

「お父さん同士が古くからの知り合いだそうです。まあ、事件とは何の関わりもないことですけどね」

首をかしげたくなる。この刑事はいったい何を知りたいのか。愛理は腕時計を見る仕草をした。そして顔を上げると作り笑いをした。

「お時間をいただきましてすみませんでした」

天木は頭を下げた。伝わったらしい。

「いいえ」愛理はにっこりと笑った。

「これで帰りますが、最後に一つだけ訊かせてください」

「なんでしょう」

スマホが鳴った。メールの着信音だ。呼び出しか。愛理はそっと手にとり、件名を見て椅子に戻した。

――人殺し。

心臓が早くなる。動揺を押さえられない。落ち着け。愛理は念じた。

「どうぞご遠慮なく出てください」天木が言った。

「いえ。大丈夫です。ショップからのメールでした」

「そうですか」天木と友永はちらりと顔を見合わせた。

「話を戻します。去年の十二月です。国分町で坂東さんとあなたが二人で歩いているのを見たという方がいるのですが、事実でしょうか」

「えっ」愛理は人差し指で自分の顔を指した。

「私が、坂東さんと二人で？　嫌だわ。そんな噂が出回るなんて」

「事実ではないと？」

「もちろんです。坂東さんと二人で会うなどありえません」

「そうですか。見ず知らずの方の目撃情報というのはあてになりませんから気になさらないでください。坂東さんとイベント以外で会ったことはありますか？」

「ええ。ございます」

「それはいつ頃でしょう」

「去年の十一月に、商工会議所の青年団の方々にお祝いの席を設けていただいてお食事をしました。たしか、そのときに坂東さんもいらしたと思います。話といっても、二言、三言交わしただけです」

「そのときは何人くらい集まったのですか」

「十五人くらいだったと思います」

「では、十二月に坂東さんと二人で歩いていたというのは見間違いですね」

「そう思います」

愛理がにっこりと笑うと、そうですか、と天木も笑顔で応じた。

「坂東さんと電話でお話しされたことはありますか？」

「どうでしょうか――」愛理は首を捻った。「ない、と思いますが、ちょっと記憶にございません」

「わかりました」天木は頷くと、友永と目を見合わせた。

「お忙しいところ、お時間をとらせて申し訳ありませんでした」

二人は恐縮そうに身を縮めると、背を向けて歩いて行った。後ろ姿が視界から消えるのを見届けて愛理は歩き出した。

あの刑事たちの目的は何だろう。

坂東を調べていると言ったが、わざわざ来るような用件だろうか。それに、あの目撃談は何だろう。もしかしたら、私をひっかけるつもりで、ありもしない目撃談を語ったのではないか。でも、わざわざそんなことを言うだろうか。あのとき、友永は無表情な顔で見ていた。あれは私の表情を観察していたのではないか。

トイレに入って鏡を見た。

顔が青ざめている。平静を装ったつもりだが内面の狼狽をあの刑事たちは感じ取っただろうか。

ポケットから口紅を取り出した。ラメ入りの華やかな口紅だ。鮮やかな朱色が、血色を失った白い肌によく映える。愛理は天木の質問を思い起こした。

——坂東さんと電話でお話しされたことはありますか？

この問いにどう答えればよかったのだろう。

咄嗟に記憶がないと答えてしまった。警察は当然、被害者の携帯電話の通話履歴を見ているはずだ。だとしたら、ストレートにそう問えばいいではないか。あの刑事は何のためにあんな回りくどい言い方をしたのだろう。

もしかすると、履歴はあっても番号を登録していなかったから見過ごしたのかもしれない。色々調べているうち、私の名前が出て来た。マスコミ関係者だけに目立つ名前だ。事件に関係がないのはわかっているが無視するわけにもいかないから一応確認に来た。大方そんなところではないのか。

だめだ。希望で推測すれば事実を見誤る。それなら、わざわざカマをかけるような言い方はしない。刑事たちは、何らかの目的を持ってここに来たのだ。

スマホが鳴った。メールだ。またか。恐る恐る手に取る。違う。お疲れ様とある。綾香からだ。ほっと息を吐きつつ開く。

——時間大丈夫？　何かあったらヘルプを出すからメールで教えてね。

私を心配しているのだ。彼女は本当に気配りの素晴らしい女性だ。

――ありがとうございます。大丈夫です。

簡潔に打ってポケットにしまう。

鏡に映る顔が冴えない。深呼吸すると身体が震える。胸が押しつぶされそうだ。しっかりしろ。愛理は両手で頬を叩いた。

挙式までもうすぐだ。私は事件とは関わりがない。怯えずに堂々としなさい。

叩いた頬の痛みが火照りへと変わる。鏡に映った自分を睨むと、愛理はドアを開けた。

2

友永と天木が帳場に戻ったとき、徳田は部屋の奥で憮然として腕組みをして座っていた。天木は近づくと、「アタリかもしれません」ひとこと言った。

「なに」仏頂面が一瞬で消え、徳田は体ごと向きを変えた。

「友永の読み通りです。愛理は何かを隠しています」

「くわしく」

天木は愛理を事情聴取した顛末を簡潔に報告した。坂東と二人で会ったことを否定したこと。電話をした記憶が曖昧なこと。徳田はありありと失望を浮かべたが、天木がにやりとすると、怪訝な顔になった。

「なんだその顔は?」

天木は答えずに友永を見た。上司をからかっているのか。まったくこの男は。

「愛理が否定するのも当然です。主任は、『十二月』という枕詞をつけて坂東と会ったかを訊きました」

「はあ?」徳田は顔を歪めながら天木を向いた。「坂東が愛理に電話をしたのは一月六日だ。お前、どこから十二月が出て来た?」

「引っかけです」天木は飄々とした顔だ。「正直にすべてを話すかどうかがわかります」

「お前も人が悪いな」徳田は頬をぴくつかせた。「それで?」

「愛理は坂東と二人で会ったことも、電話で話したことも否定しました。電話については明確な否定ではなく、記憶がないという抽象的な表現です。答えに窮した人間が、事実だが答える気がないときに使う言葉です」

「なぜ隠す?」

「何かしら理由があるのでしょう」

徳田は睨みつけた。「なぜ突っ込まない?」

「あの場で正面から訊いても答えないでしょう。そんな覚悟を感じます。今はまだこちらが疑っていることを悟らせないほうがいい」

徳田は友永を向いた。「隠す理由は?」

「愛理は誠実な人間だと思います。嘘をつくなら自分のためのじゃなく、誰か他人のためです」

友永は答えた。徳田が口を尖らせた。

「他人のために嘘をつく理由とは」

「庇《かば》う。気づかう。慮《おもんぱか》る。強い覚悟を感じます。おそらく誰かを庇っているのでは」

「愛理が誰を庇う?」

「家族、友人、恋人。自分にとって大事な人」

「該当するのは翔平しかいない」

「だとすれば翔平なのでは?」

「ちょっと待て。翔平も坂東のことで嘘をついていた。それは誰のためだ」

「誰でしょうね」

わかるわけがないだろう。言えずに友永は鼻から息を吐いた。首を振ると、

「わたしは坂東の偲ぶ会で遺影を睨んでいたときの愛理の表情が忘れられません。坂東との間に何かある。そう確信しています」

徳田は腕を組み、怖い目で見た。

「新郎の知人に過ぎん坂東と愛理の間に何がある?」

「何もなければ言えるはず。隠したということは言いたくないか、言えないのかのどちらかです」

「そういえば、話を訊いているときに、愛理はメールを見て顔色を変えました」と天木。

「相手は？」

「突っ込みません。気づかぬ振りをしました」

「翔平か？」徳田は友永を向いた。

「違う気がします」

うーん、と徳田は唸った。

「お前らはどうする」

「翔平に当たりますが、まずは翔平と坂東が団長をしていたという養賢青年団の裏付けを取ってから行きたいと思います」

3

十四時、友永は天木とともに養賢青年団の事務局に向かった。

事務局は商工会議所の中にあるという。県警本部から歩いて五分ほどの距離だ。捜査車両を県警本部に停めて歩くことにした。雨がぱらついていたが、車を降りると天木がさっさと歩きだしたので、友永は仕方なくそのまま付いて行った。東二番丁の交差点で信号待ちをしているとき、急に雨足が強くなった。凍るように冷たい雨。氷雨だ。駆け足でビルのエントランスに入り、ハンカチで肩の辺りを拭く。

「主任のせいです」友永は睨んだ。

「俺かよ」天木はそっぽを向いた。二人は罵り合いながらエレベータに乗った。

事務室のドアを開けると、在席していたのは男性が一人と女性が二人。対応してくれた頭髪の薄い初老の男性は西川と名乗った。事務局長だという。六十半ばくらいに見えるがもっと上かもしれない。

「何日か前にも警察の方が真田を訪ねていらっしゃいました。城南署の木皿さんという刑事さんと、横山さんという刑事さんです。私も同席して一緒に話を伺いました」

「そのときは何を訊かれましたか」友永が言った。

「事件当日の行動とでもいいますかね。真田は五城会長の忘れ物を届けに行ったものですから」

裏付けだな。友永が黙って頷くと、西川は困惑した顔になった。

「あのう、その件とは違うのでしょうか？」

「坂東さんがこちらの青年団長をしていたと聞きまして。青年団の仕事や団長の役割などを教えていただけますか」

「そういうことですか」

西川は安心した顔で頷くと簡潔に語り始めた。養賢青年団の実態は商工会議所の青年部で、青年会議所も兼ねている。社会貢献活動を組織目標に掲げているが、光のページェントなど観光の目玉となるお祭りの開催がメインの活動だという。

「活動を通じてトラブルなどはありませんか」友永が訊いた。

「まったくありません」

「金銭トラブルはどうでしょう」

西川は首を振った。「ありません。イベント終了時に公認会計士が入ってそのつど精算しています。不正が働く余地もありません」

「では、女性がらみのトラブルはどうです？」

横から訊いたのは天木だ。西川は天木を振り向き、いいえ、と首を振って見せた。

「それもありません。皆さん大人ですし、昔からの知り合いの方ばかりですので、そういうトラブルを起こす人はいません」

「坂東さんの人となりなどをお聞きしてもよろしいですか」

「そうですねえ」西川は遠い目をした。「まあ、特にこれといった特徴のある方ではありません」

「前任の五城翔平さんはいかがです」

西川は途端に笑顔を見せた。「あの方は本当に素晴らしい方です。人柄もいいし、何より心配りが素晴らしい方です。お母さんに似たんでしょうね」

「五城さんはずいぶん人望があるのですね」

「ええ、偉ぶるところもないし本当にできた方です」

「坂東さんとは違うと？」

西川は嫌な顔をした。「いじめないでくださいよ、刑事さん」

図星らしい。正直な爺さんだ。

「青年団の団長というのは魅力のあるポストなのでしょうか」

「そりゃそうでしょう。誰でもなれるわけじゃありませんから」

「団長ポストをめぐって諍《いさか》いが出るとか」

「まさか」西川は笑いながら首を振った。「諍いなんてありません。さっきも言いましたが皆さん仲間内ですから」

「よろしいですか」友永が言った。「坂東さんは団長を何年くらい務めましたか」

「たしか二年目です」

「青年団に入ったのは？」

「そりゃあもう社会人になってすぐです」

「ヒラから突然団長になったのですか？」

「いや。違います。翔平さんが団長のとき、坂東さんは役員をしていました」

「翔平さんと坂東さんの関係はいかがです」

「翔平さんは誰にでも親切ですよ。坂東さんのことも可愛がっていました」

二人は簡単に礼をいって席を立った。エレベータに乗ると、

「やはり翔平の言葉は嘘でしたね」友永は口を開いた。

返事がない。天木は歩きながら何か考えている。主任、と呼ぶと、天木は我に返ったように振り向いた。

「嘘をつく理由だ。自発的に嘘をついているなら理由があるはず。メリットと置き換えてもいい。お前は愛理と言ったが、愛理が理由で嘘をつくと思うか」

「それは――」言葉に詰まる。

帳場に戻ると、徳田は木皿たちの報告を受けていた。目がぎらついている。何か動きがあったのか。木皿たちは翔平の証言の裏付けを担当していたはずだ。徳田がこちらを向いた。

「事件当日の翔平の行動だ。五城ホテルの最上階にある『シャングリラ』というバーに十九時から二十一時までいたと証言したが、どうやら怪しくなってきた」

天木の目が鋭くなった。「嘘でしたか?」

「いや」木皿が手を振った。「その時間二人が個室にいたのは事実だが、注文内容を確認したところ、翔平の飲み物は最初に頼んでからかなりの間が開いていた。愛理のほうは最初にビールを頼んだきりお替わりをしていない。従業員によると珍しいそうだ」

「では、個室の利用はアリバイ工作ですか」

「偽装して抜け出すことは可能だろうが、母親を殺して平然としているだろうか」

ますます解せない。嘘をついたことといい、二人の行動は矛盾に満ちている。いったい何のためにそんなことをしているのか。

「愛理に当たりますか」と天木。

「正直に話す確証はない。周りの証言を固めるのが先だ」

「係長」友永が言った。「先日、愛理の同僚の田中綾香アナウンサーと名刺交換しました。連絡は取れると思います」

「そこから本人に伝わるということはないか」

「可能性はありますが、事情を酌んでくれそうな大人の女性です」

「いいだろう。やってみろ」

友永は名刺を取り出し、電話をかけてみた。携帯電話はおそらく個人の番号だろう。愛理に内緒で話を訊きたいというと、田中は承諾した。十八時に仙台駅前の喫茶店で待ち合わせをした。


約束の時間、友永と天木が喫茶店に着くと、座っていた田中は立ち上がって深々と頭を下げた。丁寧な人だ。友永は天木を紹介すると、急に呼び出したことを詫びた。

「とんでもないです。少しでも協力できるなら嬉しいです」

「捜査はまだ序盤です。今は関係者全員のことを伺っていまして、愛理さんの人となりを伺いたいのです」

「そういうことですか」田中は何度も頷いた。「よかった。私に連絡をくれるくらいだから、もしかして、愛理ちゃんが疑われているのかと思ってドキドキしました。ああ、よかった」

田中は胸をなでおろす所作をした。

「彼女はしっかりしているように見えるけど、良くも悪くも天然です。そこが愛されるところだけど、ポカも多いから」

「例えばどんなことですか？」

「ささいなことばかりです。早朝ロケに寝坊したとか、ロケバスに忘れ物するとか、そんな程度。あまりひどいことはありません」

「つまり、しっかり者に見えて、うっかり者」

「ええ。そんな感じです」田中は笑った。

「お洋服はどうです。好きなブランドとか」

「エルメスとかシャネルが好きですね。バッグとか小物とかもセンスがいいものを使っていて。私なんか買えないから羨ましいです」

「愛理さんはご自分でお買い求めに？」

「わかりません。以前は自分で買っていたけど、五城さんとお付き合いするようになって急に増えたから。私も早くお金持ちをつかまえなきゃ」

偽りを印象づける笑顔だ。やっかみも入っているのだろう。

「失礼ですが、アナウンサーとはいえ、そこまで収入は高くないですよね？」

「ええ。一般的な職業と比べて常識外れに高いわけではありません」

「生活が苦しいということはありませんでしたか」

「衝動的にお買い物して、金欠で困っていることはよくありました」

「そうでしたか」意外な。思いながら頷く。

「でも、結婚が決まってからはそういうことがなくなって」

「どうしてですか」

「欲しいというと、お母さまがプレゼントしてくれるみたいです。何でも買ってくれるのよ、と自慢していましたから。お小遣いも度々もらっていたみたいで。度が過ぎると嫌われるからやめなさいと言ったんだけど、あの子、聞く耳を持っていなくて」

「愛想をつかされた？」

「そうじゃないけど一度厳しく言われたみたいです。生活態度、とくに金銭感覚を改めないと結婚を認めないと言われたみたいで。それからはお母さまに無心するのは止めたみたいです」

正直驚く。今まで描いていた愛理のイメージからはかけ離れている。

「よろしいですか」天木が言った。

「最初に、愛理さんが疑われていると思ったとおっしゃいましたが、何か心当たりがおありですか」

田中はぎょっとした顔をした。迂闊に話したと思ったのだろう。顎を引き、警戒する目付きになった。

「いえ。特にはありません」言いながら田中は視線を落とした。よほどのことか。顔を上げた田中の目には強い覚悟が見える。おいそれとは話さぬだろう。どう攻めるか。友永が考える間に、天木がにっこりと笑って見せた。女殺しと揶揄《やゆ》される天木必殺の笑みだ。

ぽかん、とした表情を見せた田中は、恥じらうような顔になった。

「我々は愛理さんが事件に関与したとは考えていません。ですが、五城郁子さんが殺されたのは事実です。愛理さんの本意ではなくとも、事件というのはどこでどう繋がっているかわかりません。正直に全てお話しいただくことが愛理さんのためでもあるんです」

「でも――」

「お気づきのことがありましたらお話しいただけませんか」

そういって天木は満面の笑みを見せた。

「わかりました」田中は頷いた。女殺しめ。腹が立つ。他の女にそんな顔を見せるなよ。

「噂だけで自分で見たわけではありません。それでもお話ししたほうがいいですか」

「何でも結構です。お願いします」

「愛理ちゃんは五城さん以外にお付き合いしている方がいるのかもしれません」

驚く。「何か根拠があるのですか?」友永が訊いた。

「ADの伊藤さんから相談を受けたんです。休日に愛理ちゃんが五城さんではない男の人と一緒にいる姿を見たと。伊藤さんは二回見たというので、もしかしたら事実かもしれません」

　このことを報告すると、徳田はあんぐりと口を開けた。

「愛理に男だと？」

「複数の目撃証言があるようです。あれだけの有名人。見間違いはないでしょう」と天木。

「そうでしょうか」友永は首を捻った。「逆じゃないですか。あれだけの有名人です。結婚を控えているのに他の男性と付き合うとは思えない。兄妹とか近しい人間じゃないですか」

　天木は睨み返した。「恋は盲目というぞ」

「いいえ。愛理はそんな人間じゃない」

「金遣いが荒い。その一点だけでも人間性が伺い知れる。しかも遅刻や忘れ物が多い。イメージと実物は違うのかもしれない」

「一人の証言を鵜呑みにするとは、それでも捜一の刑事ですか」

「お前も頑固だね」

「主任こそ」

　睨むと、天木も睨んで来た。顔を近づけたが、途中で目をつぶりそうになり、友永は慌てて視線を外した。

「お前ら仲がいいな」徳田はあきれた口調だ。「まあいい。愛理のことは調べておこう」

「明日、坂東翔平に当たります」

「お前らはどうする？」

「お願いします」

4

十一時、友永と天木は五城ホテルに翔平を訪ねた。アポを取ったのは当日の朝だが、気軽に会ってくれた翔平は、二人に向かって深々と頭を下げた。

「母のことでご迷惑をおかけしておりまして、御礼の申し上げようもございません」

「我々はこれが仕事ですので、お気遣いは無用です」

天木が若干の戸惑いを滲《にじ》ませながらそう答えた。天木を紹介し、簡単な挨拶の後、応接セットに腰を下ろすと、五城は友永と天木の顔を交互に見た。

「皆さん、だいぶお疲れではないですか」

「ご配慮ありがとうございます」

天木は驚いた顔で頭を下げている。無理もない。普通、犯罪被害者の遺族は警察に対して早く犯人を捕まえてくれと急かすか、遅々として進まぬ捜査状況に怒りの矛先を転嫁するかのどちらかが多い。そうでなければ憔悴しきっているか、気力をなくしている者が大半だ。捜査への謝意を述べ、慰労を口にするような者はほとんどいない。

「実は教えていただきたいことがありまして」友永は身を乗り出した。

「何でしょうか」

「あなたは一昨年まで養賢青年団の団長を務めていたそうですね」

「ええ。そうです」

「後任の団長は坂東博之氏だった」

「はい」

「前に伺ったとき、あなたは坂東博之氏を名前と顔が一致する程度と証言されました」

翔平はじっと目を見てきた。悪びれる様子も、焦燥も見えない。無表情な目だ。友永は内心首を捻っていた。わからない。この男はいったい何を考えているのか。

「申し訳ありません。彼のことは昔からあまり好きではないので、そんな言い方をしてしまいました」

「では、昔からご存知だった?」

「はい。親同士が知人なんです。子どもの頃から知っています。でも、成人するにつれ、彼の薄っぺらい人間性がどうにも嫌いで。なるべく関わらないようにしてきました」

「最初からそういってくだされればよかった」

「大変申し訳ございません」翔平は深々と頭を下げた。

先に嘘だと認められてしまった。この後どう攻める。いい考えが浮かばない。友永の言葉が詰まったのを見て、天木がにっこりと笑った。

「いや。結構です。大したことじゃありませんから」

天木が言うと、翔平は頭を上げた。

「ところで、披露宴は予定通りに行うのですか」

「彼女からは式を中止にしようと言われました。とてもそんな気にはなれないと。でも、大勢の方をお招きしていますので直前で中止にしてご迷惑をおかけするわけにはまいりません。二人で悩んだ挙句、挙げることにしました」

「前を向くためにですね」

「そうおっしゃっていただけるとありがたいです」

「青年団の方もお招きしているのですか」

「イベントに夫婦揃って出席する機会もありますから、青年団の役員はご夫妻でお招きしていました」

「では、坂東夫妻も？」

「はい」

「奥さんの瑞希さんと面識はありますか？」

「お顔は存じております。披露宴にお招きいただきましたので」

「披露宴といえば、こちらの披露宴会場は立派だと伺いました」

「ありがとうございます」翔平は頭を下げた。

「お母さんの経営されているブライダルハウスも評判がいいですね。料理などはこちらとご関係はあるのですか」

「総料理長は同じ人物です。値段や客層の違いはありますが、システムや料理などはある程度同じと考えていただいてよろしいかと思います」

「なるほど。花はどうですか？」

翔平は驚いた顔をした。目がきょろきょろと動いている。

「花、ですか？」

「ええ。披露宴会場で使うお花です」

翔平は渋い顔になった。小さく息を吐き、

「フラワーアレンジメントの責任者も同じ人間が務めています」と答えた。

「そうじゃなくて、仕入先です」

「精肉や青果もそうですが、複数の卸元と契約しておりますので、そのつど値段や品質、在庫などを鑑みて発注しています」

「その中にフラワーアレンジメント四季は入っていますか」

あっ。友永は危うく声を上げそうになった。亡くなった瑞希が社長を務める会社だ。その視点が抜けていた。天木め。油断も隙もない奴だ。

「入っていた、と思います」

天木の目が鋭くなった。「五城さん、友永がお母さんと坂東家のつながりを訊いたとき、知らないと答えたのはなぜです?」

「申し訳ございません。博之もそうですが、瑞希さんのこともどうも好きになれず、避けておりました。なので、ついそんな言い方をしてしまいました」

「それでも会社としての取引はあったのですね」

「葬祭会館『四季の彩り』とは父の代からの付き合いです。おいそれと切るわけにはいきません。それに瑞希さんのお花を見る目は確かだと、母は褒めておりました。あの夫婦は人間的には嫌いですが、ビジネスとしては割り切るつもりでした」

「単刀直入に伺います。お母さんの事件と坂東さんの事件に関係があるとお考えですか」

翔平は苦り切った顔になった。「私の口からは何とも」

そのとき、隣の部屋から猫の鳴き声が聞こえた。天木は声の方向を向いた。

「猫の鳴き声が聞こえたようですが?」

「家で飼っている猫です。母が亡くなって、少し不安定になっているようで、家政婦さんに迷惑をかけるので連れて来ているんです」

「たしかトラでしたね」友永が言った。

「よく覚えていらっしゃいましたね」

天木は、少し間を置き、五城さん、と呼んだ。

「もう一つ伺ってもよろしいでしょうか」

「何でしょう」

「お母さんを殺した犯人をどう思いますか」

啞然とした。いったい何を言っている。翔平は驚いた表情を見せた。口を結び、眼球だけが動いている。この問いにどんな意図があって、この刑事は何を知りたいのか。そんな顔だ。翔平はゆっくりと首を横に振った。

「どうしてそんなことをお訊きになるのですか」

天木は答えない。じっと翔平の目を見ている。

「憎しみ以外の感情を持つとでも思われますか」

翔平は不快感を隠しきれない、そんな顔だ。

天木が頭を下げた。「お気に触ったら失礼いたしました」

翔平は無言で天木を睨んでいる。気持ちの整理がつかないのだろう。天木は口を開いた。

「殺したいほど憎い」

「えっ」

「この問いを発したとき、多くの遺族は、間髪入れずにこう言います。そして続けます。絶対に犯人を捕まえてくれとね。なぜ訊くのかと問い返す人はほとんどいない。いや。あなたが初めてです」

翔平の目に動揺が見えた。慌てて視線を外し、唾を飲み込んだ。なぜこの男がこんな反応を見せるのか。

「私はこういう性格なものですから」

「それだけですか」

「どういう意味でしょうか」

天木は静かに翔平の目を見ている。翔平は天木の目を静かに受け止めた。翔平は一瞬で落ち着きを取り戻している。天木は表情を緩めた。

「いえ。結構です。すっかり長居をしてしまいました。お仕事の邪魔をして申し訳ありませんでした」

天木は友永に目線で合図をして立ち上がった。

「失礼します」

二人は頭を下げて踵《きびす》を返した。翔平は前を向いたまま視線を動かさない。先日はエレベータに乗るまで見送って丁寧に労《ねぎら》った翔平が、この日はソファに座ったまま動かなかった。

「最後の質問、あれはどういうつもりですか」エレベータに乗り込むと友永は睨んだ。

「お前の言う、別に、だな」

「白々しい」友永は天木の目の前で拳を握りしめた。ごきごきと骨が鳴る。

「危ないやつだな」天木は両手を開いておどけた仕草を見せた。

「五城氏は落ち着き過ぎている。できた人間には違いないだろうが、どうも違和感がある。本音を知るには心を乱すしかないと思った」

「あれは懲戒ものの発言です」

「どうもすみません」

言葉と裏腹、飄々とした顔だ。白々しい。だが、わたしが動けないでいるのに天木はやすやすと心の内側に踏み込んだ。悔しいがこれがキャリアの差だ。

「五城翔平が事件に関わっていると考えていますか」

「ないな。お前だってそう思うだろ」

「まあ」

「目が気になる。あれは覚悟を決めた目だ」

「わたしもそれは感じています。被害者の遺族がどんな覚悟を持つのでしょうか」

「わからない。だが、うまく言い逃れたが、あれだけが理由で隠したとは思えない」

「たしかに」

「お前、男が守るのは家族以外なら女だと言ったな。郁子を殺したのは愛理じゃない。まして翔平でもない。だったら、翔平と愛理は何を守っている？」

エレベータが開いて足を踏み出す。何だろう。繋がりそうで繋がらないもどかしさを感じる。何か見落としはないか。

「愛理に翔平以外の男性との目撃情報がありました。もしかすると」

「何だ？」天木はにやりとした。考えている顔じゃない。この男は何か気づいている。天木の目に確信が見える。正直腹立たしい。

「気づいたことがあるなら言ってください」

「確証のない妄想だ。聞かないほうがいい」

友永は足を止めて睨んだ。「めんどくさいな。いいから話せ」

天木はおどけた顔をした。からかってやがる。殴ってやろうか。

「もしかしたら、の話だ。そのつもりで聞け」

「はい」

「翔平は母親を殺した犯人に気づいているのではないか」

頭のてっぺんから足のつま先まで衝撃が駆け抜けた。そうか。犯人を庇っているとしたら辻褄が合う。言われて気づくとは迂闊だ。天木がにやりと笑った。

「お前のことだ。気づいていたんだろ」

「別に」友永は天木を追い抜くと、捜査車両の助手席のドアを開けた。

このことを報告すると、徳田はにやりと笑った。

「おかしな点でもありましたか」

「そうじゃない。これで何らかの形で翔平と愛理が事件に関わっているのが濃厚になった」

「それだけです。後は皆目、影も形も見えません」

「坂東との間に何かあったのは確実だ。それを掘り下げて調べればいい」

「坂東の担当は野口先輩でしたね。いかがです？」

「夫婦ともに評判が悪い。博之は女癖が悪く度々トラブルを起こしている。ただ、事件に繋がるようなものは見つかっていない」

「養賢青年団のほうはいかがです？」

「ひと通り話は訊いたが掘り下げてはいない。女性職員がいるそうだ。任せていいか」

5

翌日、朝の捜査会議が終わると、友永は天木と養賢青年団事務局を訪問した。

在席していたのは事務局長の西川と三人の女性職員。三人は緊張した面持ちだったが、天木がにっこりと笑って見せると、ホッとした顔を見せた。さすが女殺し。女性への事情聴取には便利だ。でも、なんか腹が立つ。

「山下響子さんに、高橋弘美さん、和田ゆうこさんです」西川が左から順に紹介した。山下は二十代後半くらい。高橋と和田は五十代だろう。三人とも薬指に指輪をしている。

「皆さんから見て、坂東団長はどんな方でしたか」天木が訊いた。

「私たちは眼中になかったみたいで、話をしたことはほとんどありません」と高橋。

「ろくに挨拶もしなかったんじゃない」和田が応じた。「そういえば、お茶をいれてもありがとうの一言も言われたことがないわね」

「じろじろ見られて嫌でした」

こう言ったのは山下だ。顔はごく人並みだが、胸が大きくてウエストが細い。スタイルのいい女性だ。

「坂東さんは響子ちゃんには話しかけていたわね。ジロジロといやらしい目で見ていたし、あの人、人を見て態度を変えるのよねえ」

「五城さんにはペコペコするくせに、若い人には威張り散らすのよ。見ていて嫌になる」

高橋と和田の会話は次第に熱を帯びてきた。

「些細なことでも結構です。坂東さんの言葉で記憶に残っていることがあったら教えてください」

三人は口々にいろいろなことを語り始めた。女はネットワークを構築する生き物だ。直接自分に言われたことではなくとも盛んに情報を共有する。一人が知れば組織全体に伝播《でんぱ》するのはすぐだ。途中で止めるのは不可能。坂東の話は、ほとんどが自慢か愚痴で、有名人の葬儀を請け負ったことや、両親がなかなか自分に経営の実権を譲らないことなどが彼女たちの口から語られた。

「女性の好みはどうです」

天木は話題を変えた。和田が、相手を招くような中年女性特有の動きで、右の手首を振った。

「広瀬愛理は美人だ。ああいう女と結婚したいと言ったのを聞いたことがあります」

「杜の都テレビの？」

「ええ。五城翔平さんの婚約者の広瀬さんですよ」

「広瀬愛理と寝たい、と言っているのを聞きました」

遠慮がちに言ったのは一番若い山下だ。

気持ちの悪い男だ。友永は眉をひそめた。友人の婚約者ではないか。そういうことを口にするだろうか。坂東という男の心根が見えるようだ。

「冗談としても悪質ですね」

「ええ。すごく嫌です」山下は顔を歪めている。

「詳しく聞かせてもらえますか」

「去年十一月二十六日の定例会のときです。坂東さんが早い時間に見えたので、真田さんがお相手をしていたんです。私、お茶を出したときに偶然話を聞いてしまって。坂東さんが、広瀬愛理と結婚できる五城さんが羨ましい。他の奴なら寝取るけど五城さんが相手ならそうもいかないと言って。それで真田さんが血相を変えて、冗談でもそんなことを言うなと怒っていました」

「それで、どうしたのですか」

「坂東さんも最初はハイハイ聞いていたんですけど、最後は逆切れして怒鳴っちゃって。真田さんは睨んでいたけど、他の人が来たからそれきりです」

山下は心底嫌そうな顔だ。他にも何かあったのかもしれないが、ここで訊くのは酷か。

天木は西川を向いた。「真田さんはお休みですか？」

「申し訳ありません。真田は十三日から今月いっぱい休暇を取っているんです。お父さんの具合が悪いので府中の実家に帰ったんですよ」

「職員は真田さんを入れて全員ですか」

「いえ。もう一人います。森谷美樹《もりやみき》といいます。二月九日から三週間の休暇を取っています。夜行バスで東京まで行って、羽田から飛行機に乗って韓国の済州島だそうです。私なんか聞いただけでも億劫なのに若い人は元気があって」

真田武は三十一歳。森谷は二十八歳だという。

森谷美樹――。友永は手帳にメモしながら首を捻った。聞き覚えがある名前だ。誰だっけ。あっ、危うく声が漏れそうになった。天木が、どうかしたのか。そんな目で見たが、顎を上げて横に捻った。続けろ、のサイン。声に出さず天木がため息を吐いた。

「休暇が被りますが、二人が行動を共にしているということはないですか」

「それはないと思います。断言できるわ」と高橋。

「どうしてですか」

「見ていればわかりますよ。同僚だから話を合わせているだけで、真田さんは森谷さんのことを嫌いだと思います。何といっても森谷さんはプレイガールですから」

面白い言葉だ。遊び人と言いたいのだろうか。

「でも、真田さんと森谷さんは出発前に二人で飲みに行きましたよ」山下が言った。

「飛行機が落ちるかもしれないって、森谷さんがしつこく絡んでいた話でしょう。真田さんが断ったじゃない？」と高橋。

「私もそう思っていたんですけど、帰り際に森谷さんから自慢されました。これから真田さんと二人で飲みに行くって」

「本当それ？」高橋は信じていない顔だ。

「交換条件をつけたらしいですよ。どんな条件ですか、と訊いたら、いいネタを掴んだといって自慢されました」

友永は苦笑した。「まるで脅迫ですね。どんなネタなのでしょう？」

「教えてくれなかったけど、森谷さんのことだし、下品な顔でニヤニヤしていたから、たぶんろくでもないことだと思います」

青年団事務局を出ると空腹に気づいた。十一時半を過ぎている。天木も同じらしく、飯でも食うか、と訊いてきた。黙って頷き、定禅寺通りの牛タン屋に入り二人揃ってランチの牛タン定食を頼む。サービスなのでご飯は大盛りだ。

「気に入らない」友永はそっぽを向いた。

「何が?」

「若い女性を誘うのに、あんな雑な言い方がありますか。なんです、飯でも食うかって」

「そこかよ」天木は口を尖らせた。「じゃあ訊くが、上司を顎で使うのはいいのか」

「話をすり替えない」

「いや。だって――」

「私のほうが一日の長があるのだから威張らない」

「もういいよ。それよりお前、森谷美樹の名を聞いたときの、あの反応はなんだ?」

「はあ? 本気で言ってます、それ」

「いいから。もったいぶらずに教えろ」

「森谷美樹は坂東博之の携帯電話の通話リストにあった名前です。三回通話履歴がありました。すべて事件発生の一週間以内です」

「お前、三百件以上あった通話履歴を全部覚えたのか」

「覚えていないのですか」

あきれた顔をして伝票を押し付ける。天木はがっくりと首を折った。面白い。この男をいじっていると本当に面白い。

昼食を済ませると、捜査本部に連絡を入れ、徳田に森谷美樹のことを調べるよう頼んだ。坂東の携帯電話の通話履歴に残っていたが、たしか他にもあったはずだ。徳田は咄嗟に思い出せないらしく、もりや、と呟いた後、理由を訊いたが、面倒なので後から説明すると言って一方的に通話を切った。天木は首を振っている。徳田にその態度は信じられない、とでも言いたげな顔だ。

風が強い。店を出た直後なので寒さがなおさら身に染みる。捜査車両を取りに県警本部まで戻ろう。友永はそう思ったが、天木がさっさと歩きだしたので仕方なく後を歩いた。ここから仙台駅東口エリアまで二十分は歩く。

冬の冷たい風が吹き渡り、友永は雲一つない青空を恨めし気に見上げた。今日は底冷えする日だ。やはり捜査車両で来ればよかった。この男が悪い。全部悪い。

翔平の前任の団長・湯村寛治が経営する家具店に着いた。

「そう言われても、トラブルなんて聞いたことがないですよ」

顎を引き、警戒するような視線を向けながら言った湯村は、突然の刑事の訪問に警戒する表情を見せたが、自分が疑われているのではないと知り、饒舌になった。

「団長がみな、社長さんのようにできた方ばかりとは限らないんじゃないですか」

天木の言葉に、そうかも知れんね、と湯村は頷いた。

「組織はトップで決まりますからな。威張ってもいけない、かといって甘く見られてもいけない。言わずともトップのやる気というものはすぐに組織全体に広がるものでしてな。トップにやる気がないとその組織はダメになる。規律が緩む、モラルが下がる。小さな不祥事が続くようになったら、その時点で赤信号に近い黄色だということを自覚しなければいけない」批判とも、自慢ともとれる言い方だ。

「社長さんの頃と比べると、今の青年団に合格点はつけられませんか」

「合格するような組織ならあんな事件は起きないでしょ」

「いや。青年団に原因があると決まったわけではありません」

湯村の話はとりとめもなく広がっていく。時間の無駄だが、天木は熱心に聞いている。

「あまり評判がよくありませんが、坂東さんが団長になれたのはどうしてでしょうか」

「そりゃあ、親父さんに気兼ねしたんでしょうな」

「坂東氏の父親ですか？」

ええ、と湯村は頷いた。「坂東の親父の孝太郎さんと、五城さんの亡くなったお父さんは仲が良かったから。その縁で孝太郎さんが郁子さんに頭を下げたらしいよ。翔平さんはそういうのが嫌いらしいが、坂東の息子だってそれなりに一生懸命やっているし、母親と孝太郎さんから頭を下げられたら嫌とはいえないでしょう」

「では、資質を疑問視する声はあったのですね」

「そりゃあ、有名な馬鹿息子だからね」湯村は嘲笑した。「本音じゃ誰も支持したくはないでしょうが、そこは皆、古くからの付き合いだ。まして翔平さんに後継指名をされたら、後輩たちも嫌とは言えんでしょ」

「社長、有名というのは？」

「こりゃマズイこと言っちゃったかな。私が言ったなんていわないでくださいよ」

大丈夫です、と天木は大きく頷いて見せた。

「あの息子ね、女性にだらしがないんですよ。強引にコトに及んだり、亭主持ちの女に手を出して揉めたりしたこともありました」

「問題にならなかったのですか」

「その度に孝太郎さんが顧問弁護士を使って全部示談で済ませたもの。言っちゃ悪いけど揉み消したんですよ。あそこは仙台じゃ名士だからね。みんな遠慮するんですよ」

「そうでしたか」

「孝太郎さんは、若いうちはハメを外したほうがいいなんて言っていたけど、親の心子知らずっていうのかなあ。結局、息子をダメにするだけだったみたいだね」

「そういうことが度々あったと？」

「そう聞いているよ。しかも人妻とか、恋人がいる女ばかりだって」

たちが悪い。坂東の顔を思い出す。そんな顔だ。ぶん殴ってやりたい。

その後、いくつか雑談をした後、二人は礼をいって家具店を後にした。

胸ポケットの携帯が振動した。友永は足を止め、着信表示を見た。徳田からだ。通話ボタンを押す。

「森谷美樹は瑞希の携帯にも履歴が残っていた。年末から事件の前日まで何度かある」

やはりそうか。このことを話すと、天木は怪訝な顔をした。

「森谷はどうして博之と瑞希の両方と親交があるのだろう」

「推測するより訊いたほうが早い」

「誰に訊く?」

「山下さん」

ああ、と天木は頷いた「先ほどは言いにくそうにしていたな」

気づいていたなら、こいつもまんざらニブチンでもないようだ。

時間調整がてら青年団の役員を一人訪ね、商工会議所のビルに戻ったのは十七時を少し過ぎていた。事務局の三人が出て来た。玄関を出ると三人は左右に分かれた。高橋と和田の二人は自転車置き場へ、山下は地下鉄の入り口に向かって歩いている。具合がいい。

後ろから足早に近づき声をかけた。近くの喫茶店に入り、ケーキセットを頼むと、友永はにっこりと笑った。

「坂東さんはあなたには積極的に話をかけてきたとおっしゃいましたね。詳しくお聞かせいただけませんか」

「飲みに行こうと何度も言われましたけど、声をかけられるのが本当に嫌でした。最初はそれだけだったのですが、段々エスカレートして、人がいないときにべたべたと体を触ってきたり、卑猥なことを言われました」

「具体的にどんな言葉ですか」

山下は顔を歪めながら首を捻ると、下を向いた。

「事件に結びつくかもしれません。お願いします」

はあー、と山下は大きく息を吐いた。諦めた顔だ。

「本当にくだらないことです。おっぱい大きいね、とか、お金あげるから触らせてくれない、とか」

「周りの方は何もおっしゃらないのですか」

「坂東さんはずるいんです。周りに人がいないのを見計らって言うんです」

「では、事務局の誰も知らなかったのですか」

「真田さんに相談しました。真田さんはすぐに動いてくれたけど、坂東さんは認めなかったと言っていました。それどころか、私に誘われた、あいつ金に困っているんじゃないかとまで言ったらしいです。それを聞いて悔しくて、悔しくて――」

「最悪でしたね」友永は鼻から息を吐いた。

「状況は変わらなかったのですか？」

「真田さんに言われてから、さすがにしばらくは近寄らなくなりました。でも、ちょっと騒ぎになることがありまして」

そういって山下は口をつぐんだ。表情が暗い。

「秘密は守ります。あなたの不利になることは決してありません」

それでも山下はためらっている様子だったが、やがて吹っ切ったように頷いた。

「去年の十二月です。職場の先輩に声をかけられて二人で飲みに行ったんです。でも、行ったら坂東さんがいて。帰ろうとしたのですが、先輩に腕を掴まれて仲直りの席を設けたと言われてしまって。結局三人で飲むことになりました」

嫌な流れだ。思いながら頷く。

「最初は坂東さんも大人しくしていたんです。でも段々怪しくなってきて。二次会で無理やりカラオケに連れて行かれたんですけど、その店は普通と違って部屋に鍵がかけられるんです。先輩がバッグを持ってトイレに立つと、坂東さんは私の隣に座って体を触ってきました。逃げようとしたけど、押し倒されて胸を触られました。やめて、と叫んだけど全然止めてくれなくて。スカートの中に手を入れられてしまって。咄嗟にテーブルの上にあったリモコンを掴んで殴りました。坂東さんがひるんだ隙に外に飛び出て警察を呼んだんです」

「坂東さんは逮捕されたのですか」

「事情聴取されただけで、その日は帰ったようです。私も警察の方に事情をお話しして帰りました」

「おかしいですね。坂東さんの履歴にそんな記録はなかった」

「翌日になって顧問弁護士と名乗る方が事務局に見えました。示談をしたいとおっしゃられて。でも、示談なんてものじゃありません。あれは脅迫です」山下は顔を歪めた。

「坂東さんは殴られて怪我をしたといっていました。これは傷害だと。あなたが訴えるのは自由だが、こちらも傷害で告訴すると言われました。暴行未遂は何の証拠もないが、傷害は間違いなく成立すると」

「弁護士がそんな脅迫をしたのですか」

色をなした友永に、おい、と天木は肘でつついた。

「結局、弁護士の言うとおりに署名させられて泣き寝入りです」

「それは災難でしたね」

気まずい空気が流れた。「一緒に行かれた先輩はどうしたのですか？」

「気分が悪くなって帰ったそうです。翌日になって、しれっとして言われました」

「つまり、その先輩は坂東さんと示し合わせていたということですか」

「それ以外考えられません」

「先輩というのは？」

「森谷さんです」

思わず天木の顔を見た。事件前に坂東と通話履歴のあった女だ。

「いま海外旅行中の森谷美樹さんですね。どうして坂東さんと親しいのでしょうか」

「奥さんの友人だと聞きました」

「奥さんの友人だからって旦那さんとも仲がいいものでしょうか」

「森谷さんは軽い方ですから」

先ほど高橋が森谷のことをプレイガールと言っていた。あれはこういう意味か。

「つまり、男なら誰でもいい。来るもの拒まずみたいな？」

山下は笑いながら手を振った。その通りだという意味だろう。

「知ったのは事件の後です。知っていたら絶対に行かなかった」

「あなたが悪いんじゃない。ところで、瑞希さんと森谷さんはどういう友人関係なのでしょうか」

「中学の同級生だそうです。同じバレーボール部で、もう一人仲のいい友人が地元に住んでいて、三人でいつもつるんでいたと言っていました」

「地元といいますと？」

「古川市の近くの杉沢町と聞いています」

薮田も杉沢町だった。瑞希の同級生なら薮田も同じはず。

山下のスマホには森谷の他、真田の映る写真もあった。真田は彫りの深い、相当な二枚目だ。写真を何枚かスマホに転送してもらうと、事情聴取の礼を言って帳場に戻った。

山下から聞いたことを簡潔に報告すると、徳田は興味深そうな目を見せた。

「他の捜査員たちからも同様の証言がある。女性関係で何度も問題を起こし、そのつど父親が弁護士を使って揉み消した。逮捕歴がなかったのが不思議なくらいだ」

「相手が取り下げているところを見ると示談したのだと思われます」

「金で解決か、親子揃って——」

「その上、手を出すのは人妻とか、恋人がいる女ばかりだそうです」

「人のものは良く見えるか。病気だな」徳田は鼻に皺を寄せた。

「坂東の評判はどこも似たり寄ったりだ。唾棄《だき》すべき男であることは間違いない」

「坂東が事件に絡むかとも思いましたが、だとしたら翔平や愛理が庇うわけがない。単に嫌っていたということでしょう」友永が答えた。

天木が隣で首を振っている。「何か？」

「いや。偉そうだなと思って」

友永は拳を握って、殴る真似をした。天木がおどけた。

「茶化すな、天俊。それより俺は森谷が気になる。どうして森谷は博之と仲がいい？」

さあ、と友永は首を捻った。

「身持ちの悪い女なのか」

「写真を見ましたが金色に近い茶髪でした。軽薄といった印象を受けます」言いながら画像を開いてスマホを差し出す。「事務局の職員もそんなことを匂わせていました。そうなのかもしれません」

「たしかにそんな印象を受けるが、だからといって友人の旦那とくっつくだろうか」

「違うとおっしゃりたいのですか」

「言っちゃ悪いがブサイクな女だ。好んで付き合うとは思えん。他に何か理由があるのかもしれない」

「それは?」

「ここで推測しても仕方ない。本人に確かめるしかない」

「森谷は事件前に博之と瑞希の両方と接触しています。何か事情を知っているかもしれません」

「旅行はどこへ?」

「東京から韓国済州島だそうです。仙台を出たのが九日の夜行ですから、乗ったのはおそらく翌日の便です」

「旅行ならいずれ帰る。待つしかない」と言って徳田は顎を突き出した。

「杉沢町が何度も出てくるってのは引っかかるな」

「森谷と瑞希、そして薮田が同級生です。何か出るかもしれません。当時の同級生たちから話を聞いていただけませんか」

「そうしよう。それより友永」言いながら徳田は傍らの紙を差し出した。

「愛理を調べた。本名中島愛理。養子だ。旧姓は小柳。父親は愛理が一歳のときに海で遭難している。中学二年生のときに母親も亡くなり、母の兄である中島聡史の養子になった」

「一人っ子ですか」友永は書類を目で追った。「出身は仙台ですね。本籍地が東京都杉並区に変更されている。家族は養父母である伯父夫婦。三歳上の姉がいる」

「ご不満か」

「いや。そうではないのですが」

姉といっても実際は従姉だ。事件と結びつくとは思えない。天木は先ほどから何か考え込んでいる。

「何か気になることでも?」

「森谷もそうだが俺は真田が気になる。愛理のことで坂東とトラブルを起こしたと言ったな。しこりは残らなかったのだろうか」

「まあ、たしかに」

天木は人差し指を向けた。「忘れていないか」

「何をです?」

「郁子が生前最後に接した人物が真田だ」

第四章　忘れたい記憶

1

「愛理ちゃん本当にきれいになって。それにすごいオーラがある。まるで芸能人みたい」

金野紀子《こんののりこ》は興奮した口調で話し続けている。十五年振りに会った友人が有名人になっているのが嬉しくてたまらない。そんな感じだ。夕方のニュース番組のコーナーで放送する生放送のロケを控え、テレビクルーに囲まれた愛理は内心辟易《へきえき》しながらも、にっこりと笑って見せた。

「そんなことない。久しぶりに会ったからそう見えるだけよ」

「ねえ、来月結婚するんでしょ。お相手の方を雑誌で見たわ。優しそうな方でよかったじゃない。それにすごいイケメンだし、本当におめでとう」

「ありがとう。そういうこんちゃんはどうなの?」

「二十歳のときにデキちゃった結婚をして、今はもう子どもが三人よ」

「楽しそうでいいじゃない」

「でもこれよ」金野は自分のお腹をつかんで見せた。太ったといいたいのだろう。やめてよ。愛理は笑った。

「うちはお婿さんだから結局地元から出られなかったし、このまま老いていくのを待つだけなんて寂しい人生だわ」

「なにを言ってるの。平凡なのが一番よ」

「あたしは愛理ちゃんみたいな華やかな生活に憧れるなあ」

「こう見えて、けっこう辛いことも多いのよ」

「そっか、そうよね。ねえ、時間が空いたときでいいから連絡ちょうだい。今度はゆっくりお話ししたいから」

「うん。きっと連絡するね」

「絶対忘れないでね。もうロケが始まるんでしょ。忙しいときに邪魔をしてごめんね」

愛理の後ろできょろきょろと視線を送るスタッフに頭を下げて、金野は人混みの中へと消えて行った。

「愛理さん、本番五分前です」

スタッフの声に、はあい、と愛理は返事をした。鏡に映った自分の顔に精彩がない。愛理は息を吐き、にっこりと笑うと、気づかれぬよう小さくため息をついた。

今日のロケ地は若林区の河原町駅近くにあるラーメン屋。戦前から続く老舗の店らしいが、古くて汚い。プライベートなら絶対に入らないだろう。先日のロケ地の店もそうだった。古くてもおいしいお店はあるが、汚い店は嫌だ。

先ほど、群衆の中にいた金野を見つけたのはＡＤの伊藤だった。

「あの女性、さっきから必死になって手を振っているけどお知り合いですか」

中学のときの同級生、金野だとすぐにわかった。あのときよりずいぶんと丸くなっているが愛嬌のある目元は変わっていない。

スタッフに連れられ、金野はしずしずとやって来た。

「やっと会えた」

金野は愛理の手を握りながら興奮と感動を感じているようだった。お久しぶり。お元気だった？　愛理が型どおりの挨拶を口にすると、他人行儀だといって金野は愛理の肩を叩いた。そうだ。十五年前まで二人はいつも一緒だった。

スタッフが離れ、愛理と二人きりになると金野は声を潜めた。深刻そうな顔だ。

「先日の放送を見たよ」

その言葉で、愛理は金野のやって来た理由を察した。金野が言っているのは、昨年十二月に中継先のロケ地で起きた放送事故まがいのトラブルのことだ。生放送で愛理の試食中に、後ろにいた女性が急に大声を出すという放送事故があった。

あの放送の後、困ったことにならなかったのか、と金野は尋ねた。

大丈夫、と愛理は答えた。興奮していたから女性の声は聞き取れなかったし、スタジオのキャスターが、見苦しい点があったとすぐに謝罪した。興奮した観客が闖入した放送事故だと、視聴者の多くはそう捉えたはずだ。

「それならいいけど」

金野は浮かぬ顔で頷くと、意外なことを訊いた。

「愛理ちゃん、こっちで誰か同級生と会った？」

ううん、と愛理は答えた。誰とも会っていない。それに、と続けた。

「芸名でしょ。気づかれたことは一度もないわ」

そう、だったらいいけど――。金野の横顔は、納得しているようには見えなかった。

どうしてそんなことを訊くのか、と愛理は訊き返した。

聞いてみただけ――、と金野は言葉を濁した。

もしかして、金野は自分のことで何か耳にした機会があったのかもしれない。狭い町のことだ。自分を知る者がいれば悪しざまに言われたとしても不思議ではない。

金野は勘の鋭い女性だ。気をつけていたつもりだったが、それが返って違和感を覚えさせたかもしれない。他人行儀だと金野は言っていた。あれは自分には本当のことを語ってほしいという思いをこめて発した言葉ではなかったのか。

ロケが始まった。

飲食店を訪ねて、その店の主人にいろいろと質問をしていくという陳腐な企画。質問された主人は、ときおりセールスポイントを混ぜ込みながら、商品の宣伝をしていく。取り扱うものが替わっても、やることは全て同じだ。

今日紹介するのは麻婆焼きそば。仕掛けられたブーム。ここ数年でいつの間にか仙台の郷土料理のような扱いになっている。

辛いものは苦手。それに山椒の香りも大嫌い。打ち合わせでは極力香辛料を抜いてくれることになっているが、少しくらいは入っているだろう。どんなにまずくとも、笑顔で、おいしいと言わなければならない。主人が料理を作り始めた。せわしく動く主人の手を呆然と見ながら、愛理の意識は過去へと遡り始めた。


「本当だ。すごくおいしい」

スープを一口飲んで、愛理は感嘆の声を上げた。

「どうだ。お父さんの言った通りだろう」

テーブルの向こうでは、父が得意げな顔で頷いている。優しかったお父さん――。

その店を初めて見たとき、愛理は正直なところがっかりした。思ったより小さい。それに古い。外観がみすぼらしいだけではなく、入り口にかけられた暖簾がよれよれになっていて、触ると油がつくような気がした。

父が杉沢町にある古い中華料理店、満州飯店に連れていってくれたのは、引っ越し当日のことだった。愛理は小学四年生。夏休みも終わりに近づき、二学期の開始から転校することになっていた。

父の生まれ育ったというその町に初めて来たとき、愛理は正直なところがっかりした。人口数千人だというが、中心部に古いスーパーと小さな商店がいくつかあるだけで、レンタルビデオ店もなければコンビニすらなかった。毎月買っている雑誌はどこで買えばいいのか。愛理は訊いてみた。一番近いコンビニはさっき通った国道の店だという。歩いては到底行けない距離だ。

「お母さんが車で連れて行くから大丈夫よ」

内心首を捻りながらも頷くしかなかった。

父が故郷への移住を決めたのは、運送会社を経営しているという同級生から手伝ってくれないかという相談を受けたからだった。それまで愛理の家は仙台市内にあった。太白区の中心部に近く、古い木造のアパートだったが四部屋あったため、さほど窮屈には感じなかった。父の勤務先は水道関係の設備会社で、母がパートに出ていたところを見ると、裕福ではなかったのかもしれない。だが愛理は貧乏だと感じたことはなかった。

「お父さんが課長さんになるんですって」母は嬉しそうに話した。給料も増えるらしい。

「今度の家は一軒家だから、一人一部屋ずつ持てるぞ」

父の言葉に一番喜んだのは兄だ。「愛理に蹴られなくてすむと思うと嬉しいよ」

「あたしは皆で一緒に寝たほうがいいなあ」

もうそんな歳じゃないでしょ。家族は笑い飛ばした。

引っ越し当日、自分の住むという家を見て信じられない思いだった。

「本当に、ここに住むの？」

たしかに広いが、その家はどうみてもオンボロだった。築四十年くらいだと父は言っていたが、たぶんもっと古いだろうと愛理は睨んだ。

愛理がもらった部屋は西北の角部屋だった。古い天井と年数の経った柱は黒光りしている。畳と障子だけが新しかった。父は愛理に新しいベッドを買ってくれた。小さな白いテーブルとラグ、かわいいクッションも買った。窓にはピンクのカーテンをつけ、壁にアニメキャラクターのポスターを貼った。古い家でも、手を加えると愛着が生まれる。愛理は満足していた。

友達はすぐにできた。最初に仲良くなったのは、満州飯店の娘だ。金野紀子と言った。こんちゃん、と愛理は呼んだ。

新しい生活はそれなりに楽しかった。仙台から引っ越してきたというだけで羨望の眼差しだったし、あか抜けない風貌の同級生たちと、愛理は明らかに違っており、みんなから芸能人みたいと囃《はや》された。仙台から車で一時間の距離だが、こんなにも違うのかと驚く思いだった。嫌だったのは、ときおり父の友人が家に飲みに来ること。

萱場康夫《かやばやすお》は父が働く会社の社長だった。身体も声も大きく、横柄で、とても好きになれなかった。父とは同級生で、若い頃は不良で、悪いことも散々したらしい。社会に出てから真面目に働くようになり、今では結構大きな運送会社を経営していると聞いた。

初めて会ったとき、驚いたような顔で自分を見た萱場は、愛理の全身を舐めまわすように見た。瞬時に悪寒が走り、身動きができなかった。それ以来、萱場が家に来ると、愛理は自分の部屋に逃げ込んだ。

田舎での暮らしに変化が起きたのは一年ほど経ったころだ。愛理が中学に入学する年の二月、父の頭部に腫瘍が見つかった。

「大したことはない。すぐに帰れるさ」

入院する日の朝、父は笑って出て行ったが、あれほど楽しみにしていた小学校の卒業式も、四月の中学の入学式にも出席できなかった。放射線治療を始め、髪の毛が抜けてきた父は、ハゲになったと帽子をかぶっておどけていたが、次第に気力もなくなり、夏休みに入る頃には意識混濁の状態が続いていた。

「今すぐ来るように」

病院から連絡があったのはお盆を過ぎ、まもなく二学期が始まろうかというときだった。病院に駆けつけたとき、父は既に意識はなく最後の会話をすることも適わなかった。

家族の生活は一変した。

見知らぬ町に親子三人が取り残された。母は父の勤めていた会社で働きだしたが、事務員の給与は低く、生活は楽ではなかった。兄は大好きだったサッカー部を辞め、県道にあるガソリンスタンドでアルバイトを始めた。私も働きたい、愛理は訴えたが、中学生に何ができると、二人は笑って取り合わなかった。

そんな生活も長くは続かなかった。

愛理は中学二年生になった。すでに背は母を追い越していたし、体にも思春期の変化が現れていた。すれ違う男たちは皆食い入るようにジロジロと見たし、自然と男の視線を気にするようになった。

自分を美人だと意識したことはなかったが、周りはそうではなかった。男子生徒は羨望の眼差しを向け、それに比例するかのように女子生徒からは距離を置かれた。変わらず接してくれたのは金野くらいだった。自然、他人との関わりを避け、金野と二人でいることが多くなった。

事件が起きたのは、梅雨に入ったばかりの六月だった。

登校すると、黒板に『愛理の母は売春婦』と落書きされていた。生徒たちは遠巻きに見ている。驚いた愛理は顔を真っ赤にしながら落書きを消した。だが、嫌がらせはそれで終わらなかった。翌日も同じ落書きが書かれ、愛理は担任の教師に相談した。先生は本気になって怒ってくれた。生徒一人一人の聴き取りをして、犯人を突き止めた。

それが狩野映子の仕業だとわかったとき、愛理はやっぱりと思った。無関心な同級生の中にあって、映子だけが禍々《まがまが》しい敵意を向けていたからだ。

それまで愛理は映子のことを意識したことがなかった。好き嫌いというより、まるで興味がなかった。だが映子のほうは違った。周りの男という男が皆、愛理に好意を持っているのが許せなかったようだ。

あるとき、廊下を歩いていたら、後ろから走ってきた男子生徒に突然スカートをめくられた。愛理は驚いてその生徒の顔を見た。いじめられっ子で、いつも不良たちの使い走りをさせられている気の弱い生徒だ。

「何をするの?」愛理が睨むと、男子生徒は驚くべき言葉を口にした。

「お前、売春婦の娘なんだろ。だったらお前も売春婦じゃないか」

もう許せない。愛理は物陰で笑っている映子の前に近づいた。

「どうしてこんなデマを言いふらす。あんたは最低の人間だ」

「ふざけるな」映子は目を剥いて怒り出した。大きく開いた口から、歯茎が見える。まるでサルみたいだ。

「許せない、売春婦の娘のくせに許せない」

映子は半狂乱になって喚《わめ》いた。突然左の頰に痛みが走った。ビンタされたのだと遅れて気づいた。愛理はすぐにやり返した。映子は泣きながら、売春婦のくせに、と繰り返した。

「デタラメを言うな!」

「証拠ならある。お母さんに聞いたんだから」

映子の母親はスナックを経営していた。店の場所は愛理も知っている。汚い外観の店だ。学校からの帰り道、開店準備をしている中年の女を見たことがある。ありえないほど胸元の開いた服を着て、狡猾そうな目をした女だった。その女が映子の母親だと金野から聞いた。母があの女と知り合いだとは到底思えない。

「酔っ払いの戯言でしょ」

「違う」映子は叫んだ。

「じゃあ証拠でもあるの。あるなら出しなさい」

映子は歪んだ笑みを見せた。ぞっとするような酷薄な顔だった。

「あんたのお母さん、ＫＹ運輸で働いているんでしょ」

愛理は顎を引いた。思いもよらぬ言葉だった。

「社長さんが、自分の会社の事務員の女とやったってうちの店で言いふらしていた。クビにすると脅したら、すぐに股を開いたんだって。あいつは売春婦だって言っていたわ。そんな女の子どもなんだ。あんたも売春婦じゃない」

萱場のおぞましい顔が脳裏に浮かんだ。目の前が真っ暗になり、愛理は逃げるように教室を飛び出した。

「愛理さん」

低く鋭い呼び声に、愛理は現実に引き戻された。カメラは既に回っている。後ろでスタッフが焦った顔で見ている。

「失礼いたしました」

愛理はにっこりと笑うと、目の前に出された麺を口にした。特にどうということもない味。そんな本音をいうわけにいかない。

「なんというか、奥深い味ですね。それでいて懐かしいというか、癒される味です」

用意していたコメントを、無事口にすることができた。主人は満面の笑みで笑っている。その後いくつかの会話をこなし、無事にロケは終了した。

「お疲れさまでした」

挨拶が飛び交う中、ディレクターの山路が近づいて来た。

「珍しく集中できなかったみたいだけど」

言葉に棘がある。昔を思い出していた、とは言えない。

「すみません。頭痛がひどくて、申し訳ありませんでした」

愛理は立ち上がり頭を下げた。山路は少し口を尖らせたが、それ以上は言わなかった。

観客に手を振られる中、愛理はロケバスに乗り込んだ。発車するまでの間、愛理は観客に向かってにこやかに笑いながら手を振り続けた。バスが動き出した。観客から離れた場所に立っている男が目に入った。

あれは刑事ではないのか。周囲を見渡す。他にそれらしき人影は見えない。気のせいか。いや。刑事たちが自分の周囲を探っていることを愛理は知っていた。綾香のところにも、山路も高野も事情を訊かれたという。表向きの理由はどうあれ、私を調べているということは疑っているのだ。いくらでも調べればいい。私は事件と関係がない。

シートに背中を押し付けると、目をつぶった。思い出したくない記憶はどうして何度も思い出すのか。車窓に映る顔が苦悶に歪んでいた。

2

朝の捜査会議が終わり、友永が出かける準備をしていると、寄って来たのは青葉中央署刑事課の門石巡査部長だ。青葉中央署のときは毎日顔を合わせていた。門石は杉沢町の聞き込みを担当している。

「お疲れ様です」友永は頭を下げた。

「薮田は結構な有名人みたいだな」

「そうなのですか」

「半グレのいわゆる輩だ。オーナーになって国分町にガールズバーの店を出している。そこそこ流行っているらしい。高級スナックからホストクラブまで幅広く事業展開している」

「やり手ですね」

「筋者とも付き合いがあるようだし、強請、たかり、恐喝。何でもござれの連中だ。やっていることはヤクザと変わらない」

「顎の近くまでタトゥーが入っていました。見るからに危なそうな奴です」

「絡まれたら助けてくれよ」門石は笑いながら手を振った。

青年団事務局を訪ねたが、この日は土曜日。事務所にいる職員は少ない。事務局長の西川は申し訳なさそうな声で、真田と連絡が取れていないことを詫びた。折り返しの連絡がなく、メールしても返信がないのだという。

「休暇中なのですから事務局長さんが気にすることはありません」

「いやあ。何度も申し訳なくて」

「我々は仕事ですから、お気になさらず結構です」

「そう言ってくださるのはありがたいんですけどねえ。いやあ、かけてはいるのですが携帯電話の調子が悪いみたいで」

「どういうことですか」

「バッテリーがダメになったみたいで。充電してもすぐにダメになるって言っていましたからそのせいかもしれません」

真田が出るまで連絡を取るよう頼み、事務所を出た。

「どう思う?」

「バッテリーがダメになっただけでは?」

「本気か?」天木は睨んだ。

友永は睨み返した。「会社から電話があったのに折り返さないわけがないでしょう」

「だったら――」

「おかしいとは思いますよ。でも、故意に連絡を絶っているという証拠がない以上、何ができますか」

天木は黙って首を振った。「真田が気になる」

「どうしろと?」

「愛理が翔平以外の男性と会っているのを見たと証言したのはADの伊藤だったな」

「それが真田だとでも?」

「可能性がゼロとは言えまい」

電話をしてみると、伊藤は仕事に出ていた。急で申し訳ない。友永が頼むと快く会ってくれるという。この足で訪ねることにした。

「内緒でお聞きします」友永がいたずらっぽく笑ってスマホを差し出した。伊藤は真剣な顔で見ていたが、

「似ているとは思いますが確証は持てません」

遠くから見ただけなので無理もない。それでも、友永が次の写真を見せると、

「大きくしてもらってもいいですか」

拡大して差し出す。横顔が映る写真だ。

「この人かもしれません。外国人みたいだなと思って見ていたんです。鼻の頭の形が似ています」

「よくそんなところまで見ていましたね」

「愛理さんにはいつもお世話になっているから気になって。それに――」

伊藤は言いにくそうにうつむいた。大丈夫ですよ。友永はにっこりと笑った。

「我々も愛理さんが犯人だと疑っているわけじゃありませんから」

「そうですよね」伊藤はそれでもためらっていたが、天木がにっこりと笑った。見ているこっちまで引き込まれる笑顔だ。この女殺しめ。伊藤の体から力が抜けた。

「顔とか、雰囲気が似ているから兄妹みたいだな、と思いまして」


帳場に戻って報告すると、徳田はしきりと首を横に振った。

「ずいぶんと飛躍したな」

「褒めていませんね」天木は真田の資料を持ち上げた。

「真田武。三十一歳。独身一人暮らし。本籍地は東京都府中市○○。他にわかっているのは現住所と勤務先だけです」

「仕方ないだろう。真田は別に被疑者じゃない」

「愛理の兄だとしたら？」

「なに？」徳田は立ち上がりかけたが、すぐに背中を椅子に押し付けた。

「お前、愛理の資料を見ていないのか。愛理は一人っ子だ。今は姉の従姉がいるだけだ」

「調べて見なければわからない。それに府中に行けば真田の話が聞けるかもしれない」

徳田は首を縦に振らない。「まあ、頭に入れておこう」

「何を悠長な」天木が血相を変えて食い下がったそのとき、ドアを開けて捜査員が入って来た。青葉中央署の門石だ。階段を駆け上がったからか、息が大きく弾んでいる。徳田が、ご苦労さんと労った。

「どうだった？」

門石は報告を始めた。杉沢町にある中学を出ると、築館や古川の高校に進む者が多く、高校卒業後は就職で大多数は仙台に出ている。薮田は地元でも有名なワルだったが、瑞希や森谷も薮田たちといつもつるんでいた。瑞希と森谷と仲が良かったという狩野映子がつかまらず、話が聞けていない。三人はいつもつるんで万引きや喫煙、売春まがいのことをやっていた。

「その三人は要するにズベ公か」

「そんな印象を受けます」

不倫はともかく、人間関係が事件に結び付くようには思えない。門石の報告を聞き、徳田に顔に失望の色が浮かんだとき、門石は思いもよらないことを言った。

「殺人事件があった？」

はい、と門石は頷いた。「十五年前、瑞希たちが中学二年生のときです。同級生の女子生徒の兄が母親の勤務する会社の社長を刺したという事件です。詳細はこれです」

言いながら門石は新聞記事のコピーをテーブルの上に置いた。

事件は、帰宅した男子高校生が母親と妹が男に襲われているのを見て慌てて止めに入ったが逆に自分も襲われ、持っていたナイフで刺したというものだ。刺された男は即死。母親は男に殴られて倒れた際に頭を強打して死亡。男の名は萱場康夫（五十一歳）。母親の本郷裕美（四十六歳）が勤務する運送会社の社長だ。刺した高校二年生の息子と、襲われていた中学二年生の娘の実名は報道されていない。

「杉沢町は人口五千人にも満たない小さな町です。当時は大騒ぎになったようです」

「母親はシングルマザーだったのか」

「そう思われます」

「その同級生はどうした？」

「転校したようですが、居場所は同級生の誰も知りませんでした」

「被害者の女生徒の名前は?」

「本郷愛理です」

愛理、とつぶやき、天木は不可解な顔をした。「広瀬愛理と同じ名前だ」

「それほど珍しい名前じゃないだろ」

「十五年前に中学二年生なら今は二十八歳。広瀬愛理と同じ歳です」

天木は首をまわして友永を見た。

「愛理は中学二年生のときに母親が亡くなって、伯父の養子になった。時期が一致する」

友永は首を振った。「それだけです。そもそも姓が違います。中島姓になる前の旧姓は小柳。それに愛理は一人っ子でした。家族構成も違います」

「そういうことだ。この被害者とは無関係だ」と徳田。

天木は首をかしげた。釈然としない。そんな顔だ。

「本当にそうだろうか」

「名前も家族構成も違うのに、これ以上何を疑う?」

天木は答えない。徳田をちらりと見て、門石を向いた。

「兄の名はわかりますか」

「勇猛の猛と書いて、たけし。本郷猛だ」

3

府中署刑事課の協力を得て、府中署刑事課の署員が真田の実家を訪れたのは翌日のことだった。家にいたのは真田の父・正雄一人だけ。武は帰省したものの、翌日には帰った。正雄は病気ではなく、病気というのは武が休暇を取るための方便。正雄は武が韓国に行くと聞いていた。男一人で旅行には行かないと思ったが、誰と一緒とは聞かなかったという。

「森谷も韓国旅行と言っていた。真田と行動を共にしていると思うか」

「職場の人たちがあれだけ言うくらいです。一緒とは思えません」

「だとしたら？」

「森谷からその話を聞いていたから、とっさの言い訳に使ったのでは」

「真田はあやしいな」

「ええ。限りなく」

徳田が一人になったのを見計らって、天木はそろりと近づいた。何をする気だ。友永は内心首を捻りながらも天木の隣に立った。何か察したのだろう。徳田は構えている。若干引き気味に、なんだ、と訊いた。

「真田の部屋を見たい」

「はあ?」徳田は顔を歪めた。「一度も接触していない。フダを取るのは無理だ」

裁判所の出す捜査差押許可状のことである。

「ええ。ですから任意協力です」

「本人がいないのにどうやって任意協力させる?」

「帰ってから事後承諾をもらいます」

「お前って奴は」徳田は首を振った。「俺は何も聞いていない。何かあったら天俊、お前が責任を取れよ」

信じられない。それが管理職の台詞か。いや、管理職だからこその台詞か。天木は意に介さずといった顔で、にやりと笑った。

真田の自宅は若林区河原町にある。地下鉄の駅から十分ほど。広瀬川の河川敷にほど近い古い木造二階建てのアパートだ。

天木が部屋に入るための手法は驚くべきことだった。賃貸物件を管理する不動産会社に行き、警察手帳を見せて、『交通事故』の捜査と言った。被害者は意識不明で身元が判明しない。持ち物に書かれた住所から本人であるか確認を取りたい。不動産会社の社長は手もなく騙された。友永はあっけに取られて見ていただけだ。鍵を借りた二人はアパートへ向かった。

真田の部屋は二階の一番奥だ。階段の下には、後ろに補助席の付いた自転車と子ども用の小さな自転車、シートがかかったオートバイが置いてあった。一階の郵便ポストにはポスティングされたチラシの束がある。

玄関のドアを開けると、閉め切った部屋特有の匂いが立ち込めたが、いわゆる腐敗臭のような危険なものではない。

天木は手袋をつけると台所に立った。出ている鍋や食器はない。きちんと片付けされている。冷蔵庫を開けると食材等は何もなく、調味料やドレッシングだけだった。長期間家を空けるから整理したという感じだ。

奥の部屋へと入った。テレビとテーブル、それに三人掛けのローソファが置いてある。室内には装飾品らしきモノもない。殺風景な部屋だ。

「あまりモノを置かないというのは、性格なんですかね」

「物欲の少ないタイプかも知れんな」

二人は手分けして室内を捜したが、特に気になるようなものは発見できなかった。

天木はテレビの脇に置いてある卓上カレンダーを手にした。手書きで新伝馬町や宮城町、亘理町など県内の地名らしき書き込みがある。

「これは何と読む」天木が指さしたのは『新伝馬町』だ。

「しんてんまちです。青葉区中央二丁目付近ですよ」

「さすが地元だな」天木はカレンダーをめくった。

「杉沢町という記載もある。全て地名のようだが何を意味するのだろう」

「毎週木曜日か。仕事関係の予定でしょうか」

「どうだろうか」首をかしげながら、天木は一枚一枚をスマホで撮影した。友永は引き出しの中にオートバイのキーがあるのを見つけた。

「あまり使ってない。合鍵ですね」

「もしかして、表に置いてあるバイクのものじゃないのか」

階段を降りると、かかっていたシートを外した。タンクは銀色の塗装、ネイキッドスタイルの中型バイクだ。試しに鍵を差し込んでみると、このバイクのものだった。友永はエンブレムを読んだ。

「トライアンフ。初めて見ました。外車ですか」

「英国製だよ」ミラーには銀色のヘルメットと、ビンテージなゴーグルが置いてある。

「やはり本場のバイクはひと味違う。歴史の重みだろうか。このゴーグルもいい味を出している。真田はセンスがいいな」天木は感心しながら、シートを戻した。

部屋に戻ると、天木は壁にかけてあった郵便入れから郵便物を取り出した。手を留めたのはカード会社からのお知らせのハガキだ。

「これ見ろよ」

「どうしました？」

「名前の宛名が真田猛になっている」

真田の名は武のはず。偽名じゃカードは作れない。戸籍上は猛なのか。

「それにしても匂うな。通称を使って働く理由があるのか」

天木は四つん這いになって床を捜し始めた。

「今度は何を？」

「髪の毛だよ。お前も捜せ」

ほどなく、「あった」天木は声を上げた。

「長い髪だ。彼女かな」

天木は再び台所に立った。蛇口の脇にはプラスチックのコップに歯ブラシが二本立ててある。緑とピンクだ。天木はためらわずに、歯ブラシとカップを手に取り、ビニール袋にしまった。

「ちょっと待ってください。まさか持ち帰るつもりですか」

不動産管理会社を騙して鍵を開けさせた上、部屋の備品を持ち帰るなど、いくら警察とはいえ横暴すぎる。窃盗だと指摘されても仕方ない。

天木は開き直った。「大丈夫だ。本人がいないから苦情は来ない」

「モラルの問題です。人としてどうなのですか」

「刑事なら事件の解決のためなら何でもやる」

「やっていいことと駄目なことがあります。これは明らかに一線を超えています」

天木は一転して表情を緩めた。

「頼むよ、友永。お前だけが頼りなんだ」

「そんなことを言っても騙されませんよ」

天木はにっこりと笑った。女殺しの天俊、必殺の笑顔。横で見ているうちはまだいい。自分に向けられるとドキドキする。身体が熱い。脈拍が早くなる。この男はまったく。

「仕方ないなあ――」騙された。

帳場に戻ると、天木は証拠品置き場に歯ブラシなどを押収したビニール袋を置き、徳田のところに報告に行った。勝手に押収したことは黙っているつもりらしい。無理もない。言えば徳田を困惑させるだけだ。天木はカレンダーに書かれた地名を報告した。

「地名か。何かあるかもしれん。調べてみよう」

報告を終え背中を向けようとしたとき、友永は呼び止められた。この後、予定があるかという。特にありません。そう答えた。

「愛理の遠張りをかけている捜査員に穴があいた。お前、今夜頼めるか」

「大丈夫です」と答えると、徳田は「大樹《ひろき》」と呼んだ。奥にいた男が寄って来た。同じ年くらいだろう。平べったい顔。目が小さい。丁稚の小僧みたいだ。

「天木班の佐藤大樹巡査。今日のコンビだ」

「よろしく。佐藤です」

カチンときた。雑な言い方は捜一の刑事だからだろう。所轄を下に見てやがる。

「わたしは巡査部長だが」

それがどうしたとでも言わぬばかりの顔で、佐藤は含み笑いをした。

「歳はいくつだ」

「二十六ですけど」ふてくされたような顔。舐めてやがる。

「わたしのほうが先輩だな」言いながら襟首を左右逆手に持ち捻じり上げた。柔道の立ち締めだ。あっけにとられた佐藤の顔が血の気を失い青くなる。友永は手を離した。

「指示はわたしが出す。勉強しろ」

佐藤は助けを求めるように徳田を見たが、徳田はそっぽを向いた。天木を見た。明後日の方向を向いていた。

4

宴会時間も終わりに近づき、愛理は挨拶を求められた。披露宴の一週間前、退職は年度末付けだが、明日からは休暇をもらうことになっている。今日が最後の出勤だ。感謝の言葉を話しているうち、いろいろなことが思い起こされて涙が溢れてきた。嗚咽をこらえながらみんなの顔を見た。過ごした日々が思いだされる。いろいろあったけど今は感謝しかない。仕事は辞めるけど、これからも変わらずお付き合いしてください。そんな陳腐な言葉で結ぶと涙が出た。ＡＤの伊藤が大きな花束を渡してくれた。赤い薔薇。数も多い。相当したことだろう。ありがとうございます。愛理は再び頭を下げた。

中締めを済ませたが、皆席を立たない。卒業式のときと似ているな。漠然とそう感じた。スマホが鳴った。表示を見て憂鬱になる。中身は見ないでもわかる。人殺しだ。下に置いたまま操作する。やはりそうだ。画面を消す。

「どうしたの?」怪訝そうな顔で訊いたのは綾香だ。

「何でもないです。迷惑メール」

「着信拒否したら?」

「しているけどアドレス変えるんです。ほんともう嫌になる」

「気にしないほうがいいわよ。私もそういうのは全部無視している」

「それしかありませんね」

作り笑いで応じる。本当にそれでいいのだろうか。

個人の携帯アドレスを知っていたことで、職場の仲間かとも思ったが、今日の送別会には全員出席している。やはり仲間ではない。少しでも疑ったことで罪悪感を強く感じる。それだけ神経を尖らせているのだ。発信者はどんな意図があって私を罵るのか。

仲間たちに見送られてタクシーに乗った。新愛宕橋の手前を左に曲がり、旧市電通りへ。このまま進むと長町方面に続く。広瀬橋を渡りすぐに左へ。新幹線のガード脇を進んだところでタクシーが停まった。工事中の標識が見える。

「お客さん。緊急工事のようですけどどうします？」

ここからなら五分もかからない。愛理はタクシーを降りた。

二月下旬だ。夜にもなれば凍えるように寒い。暖かい車内にいたからなおさらだ。襟を立てて急ごうとしたとき、前方に駐車していた車から人が降りてきた。

えっ。愛理は固まった。五人いる。若い男たち。驚くことに男たちはみな棒のようなものを持っている。逃げよう。愛理は振り返ると、いつの間にか後ろにも二人立っている。

どうしよう。がちがちと歯が鳴る。逃げたいのに体が動かない。

五人が足を止め、一人が愛理の前に立った。

「広瀬愛理だな」

答えたくない。愛理は黙って首を振った。

「そんな花束を持っているんだ。とぼけたってだめさ」

凶悪そうな人相。酷薄そうな目だ。まともな職業の人間じゃない。

「黙って車に乗れ。手荒なことはしない」

「嫌です」

「馬鹿な女だ」

男は後ろの男たちを向いて顎を上げた。男たちが近寄って来る。そのときだった。後ろから猛スピードで来た車が急ブレーキをかけて停まった。赤い回転灯。覆面パトカーだ。運転席から男が降りて、「お前ら何をやっている」警察手帳を見せながら怒鳴った。

助かった。そう思った瞬間だった。手前の男が合図すると、後ろにいた男たちがバットで警察官を殴った。警察官は頭を押さえて膝から崩れ落ちた。こいつら警察官にまで手をかけるのか。もうダメだ。そう思った次の瞬間、

覆面パトカーの助手席が開いた。ゆっくりと降りてきた女性に見覚えがある。

「友永刑事」

友永は表情のない顔でじっと見ている。男たちは動揺している。きょうけん、と聞こえた。狂犬か。あっ。その瞬間、思い出した。友永はあのときのビデオに映っていた女性だ。

「一斉にかかれ」

手前の男が指示すると、四人はじりじりと友永に近づいていく。友永は何もせずに黙って立っていた。男性の警察官でさえやられたのだ。しかも四人。とうてい叶わない。

友永は無造作に進み、前の男の腹に蹴りを入れた。足を引き抜くと真後ろの男を蹴り、隣の男に肘打ちをくらわせると、最後の男の顎を下から蹴り上げた。男の身体が伸びあがるように上がり、崩れ落ちた。唖然とする。一連の舞を見るようななめらかな動きだ。

後ろから近付いて来た男二人が同時に金属バットを振り下ろした。一人は上から、一人は野球のように横に払った。避けきれなかったのだろう。友永は横からのバットを左手で受け止めなが

ら、もう一人に向けて拳を伸ばした。ぐえ、と声にならぬうめき声をあげて男が地面に転がる。残った男はもう一度バットを振り上げたが、振り下ろす前に、友永の手が男の喉に伸び、男は倒れた。

「撤収だ」

愛理の手前にいた男が叫び、車二台が動き、男たちを中に入れようとした。友永が近づくと、手前の男がバットを振りながら向かって行った。友永は躱《かわ》したが、男はやたらめったら振ってくる。友永が反撃しようとすると、もう一人が加勢しはじめた。

「撤収」車の中から声がかかり、男たちは走る車に飛び乗った。友永は追いかけなかった。パトカーに戻り、無線で車両の車種とナンバーを報告し、緊急配備をかけるよう要請した。

愛理はその場に立ち竦んでいただけだ。友永が歩いて来た。

「怪我はありませんか」

「大丈夫です。友永さんのほうこそ」

「わたしは大丈夫」言いながら自分の左手を見て、「ちょっと汚れてしまったな」

思い切り振った金属バットを手で受け止めたのだ。無事のはずがない。「怪我をしていないのですか」

「ええ。全然」友永は手のひらをひっくり返して見せた。

最初に殴られた男性警察官が近づいて来た。頭から血を流している。

「大丈夫か。お前」と友永。

「大丈夫じゃないです。でも、さほど酷くはありません」

そのタイミングでパトカーが着いた。すぐにもう一台が来て、三台になった。友永はパトカーで部屋まで送るという。言葉に甘えて送ってもらうことにした。

車内で男たちの特徴や、話した言葉などを訊かれた。名前を呼ばれたこと。花束を持っていることを確認されたことを話すと、友永は深刻そうな顔をしたが何も言わなかった。

「連中に心当たりは？」

「まったくありません。見たこともない人でした」

「そうじゃなくて襲われる心当たり。何か予兆のようなものはなかった？」

言葉に詰まる。まさかあのメール――。だめだ。とても言えない。

「ありません」

「そう」

納得している表情ではない。「あ、あの。本当にありがとうございました。偶然通りかかっていただかなければ危ないところでした」

「偶然ではありません」

「えっ」

「本来お話ししてはいけないことですが、嘘をつくのは苦手なので正直に言います。我々はあなたの行動を監視していました」

そういうことか。黙って頷く。さすが警察だ。

「おかげで助かりました。ありがとうございます」

友永はじっと見ている。小さく息を吐いた。

「驚かないというのは、監視されることに心当たりがあるのですね」

「えっ」

「あなたと五城氏は事件のことで我々に話していないことがあるのではないですか」

ぶるぶると体が震える。いろいろな言葉が浮かぶが、何も言葉にならない。友永は責めているのではない。私を心から心配している。そんな顔だ。

「申し訳ございません」愛理は頭を下げた。「何もありません」

「そう」

友永はそれ以上何も言わずに話を打ち切った。申し訳なさで胸がいっぱいになり、愛理は黙って頭を下げた。

マンションに着くと、友永は自分が先に部屋に入って、安全を確認するという。どうしよう。一瞬ためらったが、まずいものはない。それに先ほどの恐怖のほうが大きい。鍵を渡すと、友永は五分ほどで出てきた。大丈夫だという。礼を言って部屋に入る。上がって行かないかと誘ったが、仲間が待っているといって友永は固辞した。

「これだけは言っておく。あなたは何者かに狙われている。理由はわからないけど筋の良くない連中。しばらく単独行動はしないように」

「わかりました。そうします」

「愛理さん」友永は顔を近づけた。「言いたくないなら無理には訊かない。でも、自分の考えが正しいとは限らない。困っていることがあったら何でも相談して」

心の底から心配している顔だ。顔が歪む。ありがとうございます。頭を下げた。

「危ないことは絶対にしないでね」

「そうします」

友永はしっかりと頷くと、ここでいい、と告げて玄関から出て行った。見送った愛理はのろのろと歩いてリビングに入り、体をソファに投げ出した。今日のことを翔平に連絡しなければ。でも、心配させるだけではないのか。そんなことを考えているとスマホが鳴った。件名に「お帰りなさい」とある。誰？　メールを開く。持つ手が震える。

——人殺しの妹
スマホが手からこぼれ落ちた。

5

友永が帳場に戻ると、居合わせた捜査員たち全員から労われた。ちょっとしたヒーロー気分だ。二十二時を過ぎていたが、奥の机に徳田を中心に刑事たちが数人固まっている。天木もいる。心配そうな顔だ。

「ご苦労だった」徳田が労った。「怪我は？」

「何ともありません。それより丁稚は？」

「丁稚？　大樹のことか。病院で手当てを受けている。直撃は免れた。傷跡は残るかもしれないが深刻な怪我じゃない」

「お前もバットで殴られたと聞いたが」天木が訊いた。

「見た通り美人のままです」友永は胸を張った。天木が首を振る。

「金属バットを素手で受け止め、四人を瞬殺したらしいな」

「後から二人追加したから六人ですね」

「お前、バットで殴られて痛くないのか？」

「コツがあるんです」

「コツってどんな？」

「女の子のひみつ」

天木が天を仰いだ。徳田を向く。

「連中は？」

「緊急配備をかけたが車は近くに乗り捨ててあった。盗難車だ。えらく手際がいい」

「連中は車から降りたわたしを見て動揺していました。筋者か、近い連中でしょう」

「青葉中央署の連中から聞いたぞ。お前、国分町界隈ではすごい有名人なんだな」と天木。

「サインをねだられて大変なんです」

天木はドン引きした顔だ。

「問題はどうして愛理が襲われたかだ。猥褻《わいせつ》目的だと思うか」と徳田。

「おそらく違う」友永は愛理との会話を伝えた。警察が監視しているのを聞いて驚かなかったこと。連中の心当たりを聞いたとき反応がおかしかったこと。

「つまりどういうことだ」徳田は苦い顔だ。

「翔平と愛理が事件のことで何か隠しているのは確実です。おそらく犯人を知って、庇っているのではないか。我々はそう考えた。ですが、このことに気づいたのは我々だけじゃないのかもしれません」

うーん、と、ひときわ大きな唸り声を上げて徳田は腕組みをした。

「どうしたらそんなことがわかる？」

「それはわかりません」友永は答えた。

「愛理を襲った連中だと言いたいのか」と天木。

「あいつらは下っ端でしょう。絵を描いた奴は別にいるはず」

「誰がどんな絵を描く?」

じろりと見る。「わかるはずがないでしょう。自分で考えてください」

天木がおどけてお開きとなった。捜査車両で家まで送ってくれるというので甘えることにした。運転手は天木。今日は勝ち組の気分だ。車を降りるとき、天木は真剣な顔で、本当に大丈夫なのかと訊いた。

「そんなに心配ならシャワーを覗きます?」

天木は黙って手を振って帰って行った。つめが甘かった。友永は舌打ちした。


翌朝、友永が帳場に出勤すると、捜査員たちが奥のテーブルに固まって座っている。何か動きがあったのか。友永の姿を見つけた野口が、「来いよ」と言った。

「何か動きがありましたか」

「見ろよ」野口がドヤ顔で顎をしゃくった。「真田の部屋のカレンダーの書き込みは愛理の番組のロケ地だ」

野口が指をさしているのはテレビ画面の静止画を印刷した画像だ。

「よく気づきましたね」

「これを見てピンときた」

野口が指さしたのは丸まったハリネズミを手のひらの上に乗せている写真だ。

「放送を見た娘にせがまれて店の場所をメモしておいた。仙台のハリネズミカフェは新伝馬町にしかない」

友永は天木を向いた。「真田が愛理のファンだったということですか」

「ただのファンじゃない。ホームページの告知は新伝馬町までだ。ところが真田のカレンダーには翌週の宮城町、翌々週の亘理町と書いてある。ディレクターに確認したところ事実だった。一般人の知らない情報を真田はどこから知った」

「決まっている」天木は友永を向いて顎を上げた。話せ、のポーズ。

「愛理から直接聞いたのでは？」

天木は首を回して徳田を向いた。

「そういうことで愛理に当たってみようと思います」

こいつ、そのためにわざとわたしに言わせたな。

「ダメだ」徳田は言下に言い放った。

「なぜです。十五年前の事件の被害者は愛理と猛。真田と愛理かもしれません」

「調べたよ」言いながら徳田は差し出した。

「真田の戸籍を取り寄せた。旧姓は本郷だが家族構成が全く違う。別人だ」

覗き込んですぐに友永は首を振った。

「猛の母親は真由美。亡くなったのは二十六年前。猛が五歳のとき。愛理が妹なら生まれている
はずです。それに父親は健一です。愛理の親とは違う」

うーん、と唸りながら天木は口元を指で覆い、首を捻った。

「姓は同じ本郷ですが、母親の名も、亡くなった時期も違う。たまたま同姓同名だっただけで
は？」と、友永は続けた。

「本当にそうだろうか。なら、この猛と愛理はどこに行った」

「事件とは関係がないのでは？」

「結論は確証を得るまで出すべきではない」

「もう出ています」友永は鼻から息を吐いた。「主任は頑固ですね」

「お前がな」

立ち上がって睨む。天木も睨み返した。

「お前ら、仲良しなんだな」徳田があきれて言った。

「お願いします。愛理に当たらせてください」

「何度も言わせるな。愛理は有名人。まして挙式の一週間前だ。大事な時期に警察が、別の男の
ことだとか、出生の話を訊きたいなどと、そんな理由で顔を出せると思うか」

「しかし、真田の部屋から女性ものの髪の毛と歯ブラシを押収しています。愛理の部屋から遺留物を採取できれば照合できます」

「そんなことだと思った」徳田は疑いの眼差しだ。「お前、ごみ袋でも持ち帰るつもりか」

天木は作り笑いをした。図星らしい。

「黙って採取しに行って、愛理に見つかったらどう言い訳する気だ。我々に対する信用が根底から崩れるぞ」

「しかし、真田と愛理を繋ぐものが見つかれば捜査は一気に進展します」

「信用を失えば我々は手立てのすべてを失う」

天木は口を結んで友永を向いた。「なんか言え。お前も少しは手伝え」

「いや」

「なにい」天木は睨んだ。「お前、相棒のくせにそんな言い方があるか」

「助けてあげましょうか」

「どうやって?」

「愛理のDNAを調べればいいんでしょう」

「だからどうやって採取する?」

「中トロが食べたい」

「はあ。お前、何を言っている?」

「国分町の老舗寿司店。一人二万円はかかるけど、すごく美味しいの。手に入れたら連れて行ってください」

　天木は鼻から息を吐いた。「手に入れたらな」

「言っておくが接触は禁止だ」徳田が釘をさす。

「だめじゃねえか」天木は口を尖らせた。

「これだから坊やは」友永はポケットからビニール袋を取り出した。中に髪の毛が入っている。

天木が目を見開いた。

「お前、それは？」

「昨日愛理を送ったとき、先に部屋に入って異常がないかを確認しました。その際、洗面化粧台に櫛が置いてあったから、少し失敬しました」

　天木はあんぐりと口を開けた。徳田は黙って首を振っている。

「お前、俺には散々文句を言っていたくせに、自分はいいのか」

「お食事楽しみにしていますね」

　友永は天木の肩をぽんと叩いた。

第五章　悪意の残影

1

九時を過ぎると、愛理は五城ホテルへと向かった。マンションを出るとき、それとなく周囲に目をやりながら歩いたが警察官の姿は見えない。いないのかも知れないし見えないだけかも知れない。何しろ相手はプロだ。ホテルの通用口から入り、翔平の執務室へ。部屋に入ると、翔平は机から立ち上がった。二人はどちらともなく近づき固く抱擁した。翔平がキスをしようとしたので愛理は唇を手で押さえて離れた。

「トラさんは？」

翔平は隣の部屋を目で示した。「挨拶してきたら？」

愛理はノックをすると隣の部屋に入った。にゃあ、と鳴き声を上げてトラが近寄って来た。愛理の足元に頭をこすりつけている。

「寂しかった、トラ」愛理はトラを抱き上げた。「トラさんも」

返事はない。トラがまた、にゃあ、と鳴いた。愛理は抱きしめたい衝動にかられたが、トラさんは近づくなというオーラを醸している。仕方ない。笑いながら首を振った。

十分ほどで愛理が部屋に戻ると、翔平は反対隣の応接室を示した。

「昨日は本当に驚いたよ」ソファに座るなり翔平が言った。

「ごめんなさい。心配をかけて」

「そんなことはいい。それより怪我は本当に大丈夫？」

「私は大丈夫。でも、友永刑事は私を助けようとしてバットで殴られた。強がっていたけど、それだけに心配」

「僕からもお詫びと御礼を言っておくよ」

愛理はスマホを差し出した。「これがメールです」

翔平はスクロールして読んだがすぐにスマホを返した。そして自分のスマホを差し出した。

「僕に来たメールだ」

目を通してすぐに愛理は口元を抑えた。「私と同じ……」

「昨日の『お帰りなさい』以外は、同じ時刻に同じものが送られている。つまり同じ人物が送ったということだ」

「いったい誰だろう」

「想像もできないが、この人物は事件のことも、僕たちのことも全て知っている」

「どうしてそんなことを知っているの」強い声が出た。

「わからない」翔平は小首を傾げると視線を落とした。「でも考えてごらん。この人物は僕と君の個人のメールアドレスを知っている。そんな人間がどれだけいる」

そうだ。翔平も愛理もスマホは複数台を使い分けている。このアドレスを教えているのは家族や本当に近しい友人だけだ。二人のアドレスを知る人物って誰だろう。近しい顔ばかりだ。そんなことをする人がいるとは思えない。

「翔平さん。どうしよう」

「単なる嫌がらせだと思って僕は放っておいたけど、君にも送っていた。それに昨日のことといい、もう看過はできない」

「どうするの？」

「目的があってやっているはずだ。おそらく金だろう。出方を待つ。金が目当てならばおそらく要求してくるはずだ」

「ちょっと待って。お金を払うつもり？」

「反社会の人間と取引はしない。要求されれば証拠を持って警察に行く」

「危ない目に遭ったらどうするの？」

「僕は会わない。要求されたら弁護士に行ってもらう。彼は優秀だ。きっと大丈夫」

「でも……」

顔が歪む。昨日のことが蘇ってくる。体が震える。あの連中はまるでヤクザだった。まして警官を殴った。頭がいかれているとしか思えない。話など通じるだろうか。

「ねえ、やっぱり警察に相談したほうがよくない？」

「今それをしたら」翔平は言葉を止めて首を左右に振った。

「式は週末だ。あと五日の我慢だ」

「でも、翔平さんに何かあったら」

「僕は危険なことはしない。大丈夫だ」

私は翔平についていくしかない。愛理は大きく頷いた。

2

朝の捜査会議が終わると、愛理が出演したコーナーの過去放送分のビデオを見たいと言い出したのは天木だ。十二月の第四週の放送は杉沢町だった。天木は友永を向いた。

「お前、ひとっ走り行って借りて来い」

「嫌です」言いながら、つんとすまして横を向く。

「お、おま、仕事だぞ。嫌と言うな」

「何です、その偉そうな物言いは。それに、わたしはあなたの部下じゃありません」

「俺は打ち合わせに出なきゃいけないんだよ。いいから行って来い」

ムカつく。でも、杉沢町のビデオならわたしも見たい。友永は首を回し、「大樹」と呼んだ。

大樹が立ち上がり歩いて来た。頭に巻いた包帯が痛々しい。

「何ですか先輩」

「お前、杜の都テレビまでひとっ走り行って来い」

「わかりました」

友永はその場で田中綾香に電話をかけた。今日は出勤しているという。愛理の出演コーナーの過去放送分のビデオを借りたいというとＤＶＤにダビングして準備してくれるという。親切な人だ。十一時に訪問を約束して電話を切った。

「聞いた通りだ。行って来い」

「了解です」大樹は立ち上がって敬礼した。まるで上官に対する態度だ。天木があきれた。

「お前、俺の部下じゃないと言ったくせに、人の部下には指示するのか」

「男なら細かいことをグダグダ言わない」

「あっ、いや。しかし……」天木は大樹を向いた。「お前、どうして友永の指示を聞く?」

大樹は胸を張った。「友永先輩の強さには感激しました。金属バットを持った六人を瞬殺ですよ。バットを素手で受け止めるし、最高の警察官です。本当に憧れます」

「見どころがあるやつだ」友永は頷いた。「ただし、これからわたしを語るときは、美しいと付けることも忘れないように」

「大変失礼いたしました」大樹は背筋を伸ばした。「すぐに出かけてよろしいでしょうか。お美しい友永先輩」

「よし。行け」

はっ、と大きく声を出して大樹は駆けて行った。見送った天木は首を振っている。

「部下というより、まるで犬だな」

友永は声を上げて笑った。


大樹が戻って来ると、捜査員たちが固まってテレビモニターを見始めた。画面では愛理が満面の笑みでレポートする姿が映っている。杉沢町のロケ地は杉沢食堂だった。バイパス沿いにある古い食堂で、砂利敷きの駐車場が広い。トラックが停められる駐車場だ。

ロケは順調に進み、でき上がったラーメンを前にして、店の主人にインタビューをする愛理の様子が映っている。気持ちよさそうに語る主人の後ろには従業員と見られる数人の男女が映っていた。そのとき、後ろにいた女が突然、愛理を指さした。そして大声で喚きだした。興奮していて、言葉を聞き取りにくい。

カメラは愛理を映したアングルからスタジオに切り替わった。再びカメラが戻ったとき女の姿はなかった。スタッフに連れ去られたのか。奥のほうから女が叫ぶ声が聞こえる。カメラはすぐにスタジオに替わった。

「中継に乱れがありました。見苦しい点がありまして誠に申し訳ございません」スタジオで頭を下げたのは地元出身のメインキャスターだ。放送はその後、中継に戻ることはなかった。

「女が奥で喚いていたな。なんと言った？」徳田が捜査員たちを見渡したが、みな首を捻っている。中年だから仕方ない。

「『こいつ愛理よ』、と言いました」友永が答えた。

「その後は？」

「聞き取れませんでした」

大樹がボリュームを上げ、ビデオを再生した。

「『ねえ、こいつ』と聞こえませんでしたか」と大樹。

「たしかに、『ねえ、こいつ何とかよ』、と聞こえた」

「友永、お前耳がいいな」

「若いし、美人ですから」

「全然関係ねえだろ、それ」天木が吠えた。

「いいから続けろ」徳田が言った。

ビデオが再生された。肝心な部分が聞き取れない。

「もう一回」友永が言った。

だめだ。聞き取れない。だめだ。「もう一回」

再生が終わった。だめだ。肝心の部分が聞き取れない。「もう一回」

「誰か聞こえた奴はいるか」

徳田が尋ねた。みな、首を捻っている。大樹も同じだ。

「もしかして、人殺しと言ったんじゃありませんか」言ったのは天木だ。

ビデオが再生されると友永は息をのんだ。

「たしかに、人殺しと言っています。人殺しの妹だと」

天木は飄々とした顔だ。聞こえたのは聴力の差じゃない。出る言葉の予測をしていたからだ。

天木め。徳田が、うーん、と唸り、腕組みをした。

「『こいつ愛理よ。ねえ、こいつ人殺しの妹よ』か。かなり悪意のこもった言葉だな」

「係長、人殺しの妹というのは?」

徳田は困った顔だ。

「訊くまでもない」呟くように言ったのは天木だ。徳田はじろりと天木を見た。

「どういう意味だ?」

「杉沢町で十五年前に起きた殺人事件です。それしかないのでは?」

「両親も家族構成も違う。愛理と真田は別の家族だ。兄妹じゃない」

「ですが、そう考えると全ての辻褄が合います」

天木は引かない。その気迫に徳田は眉をしかめた。そして友永を見た。

「どう思う?」

「残念ですが、主任の言う通りかもしれません」

「はあ。お前までどうした?」

「気づきませんか。人殺しの妹ということは、兄か姉がいたということです」

あっ、と、その場にいた全員が口を開けた。

「単に食堂の女の勘違いかもしれん」

「その可能性もありますが、女の観察眼は優れています。信憑性は高いと思います」

徳田は腕組みをほどき、天木を向いた。「DNA鑑定結果はいつ出る?」

「十六時にはわかるそうです」

徳田は人差し指で自分の手首を示した。「もう過ぎている」

天木は電話をかけて催促をした。ほどなく、慌てた様子で男が入って来た。鑑識課主任の山崎だ。

「真田の部屋から押収したコップと歯ブラシの指紋は、広瀬愛理のものと一致します。真田の部屋にあった毛髪のDNAを調べたところ、これも愛理のものでした」

室内に、おおっ、というどよめきが起こった。天木は友永を向いて、しっかりと頷いて見せた。

悔しいが天木の見込み通りだった。天木が口を開いた。

「歯ブラシがあるということは、度々泊まっていたからだろう。男女関係がなければ、肉親以外に説明はつかない。戸籍の謎は残るが、少なくとも真田の部屋に愛理がいたのは確実だ」徳田が顎を上げた。

「真田の行方がまったくつかめない。自宅にも戻らず、実家にもいない」

「やはり森谷と行動を共にしているのでしょうか」

「そういう単純な話ならいいが。森谷の自宅も監視している。帰ればすぐにわかる」

「五城ホテルにいるということはありませんか」

「宿泊客名簿は毎日チェックしている。偽名を使えばわからんが、連泊しているような客もいない。翔平と愛理の自宅にも張り付いている。どちらにもいない」

「潜伏しているか、あるいは遠くに逃亡したということですか」

天木が気づいて友永を見た。

「お前、さっきから仏頂面だが何か言いたいことがあるのか？」

「そうじゃない」何か引っかかる。さっき重大なことに気づきそうになった。友永はもう一度ビデオを再生した。先ほどは音を聞き取るのに夢中で周囲に気が回らなかった。

「先輩、どうしました」と大樹。

「一瞬、観客が映っただろ」

ああ、といって、大樹が早送りボタンを押し、ほどなく止めた。愛理の試食する直前にテレビカメラが室内を撮影した。テーブル席の後ろに小上がりがある。男三人が座っていた。「止めろ」友永は叫んだ。

「どうした友永」天木は怪訝な顔だ。友永は画面を指さした。

物憂げな動きでモニターに目をやった天木の視線はすぐに凍って行く。

「こいつらは？」

友永は頷いた。「薮田のガレージにいた三人です」

「愛理の杉沢町ロケがあったのは十二月二十二日だった。瑞希が薮田に会いに行ったのはイブイブと言ったな。ロケの翌日だ。どこで飲んだ？」

「町内のスナックで同級生たちと飲んだと」

「食堂で騒いだ女とつながりがあるかもしれん」

「もしかすると、その女は狩野映子かもしれません」言ったのは門石だ。「中学時代に瑞希と森谷といつもつるんでいたという三人組の一人です」

「瑞希はその女から愛理のことを聞いたということか」

「聞いたのは薮田も一緒です。大樹を襲ったという連中はもしや」と天木。

「薮田から話を聞きましょう」友永が言った。

「うちの班も出す」野口が右の拳を左の手のひらで受け止めた。「警官に手を出すような奴は生かしておけない」

「さすが野口主任」友永は大きく頷いた。「どさくさに紛れて蹴り殺してくれる」

「馬鹿か。お前は」

天木が慌てて手を振ったが、友永は鼻で笑ってそっぽを向いた。

3

スマホが鳴ったのはお風呂を出た後だった。二十一時半を過ぎている。発信者名を見て、おやっと思った。紀子から電話をもらうのは初めて。先日会ったとき名刺を渡したからだろう。愛理はスマホを手にした。

「はい。愛理です。こんばんは。こんちゃん」

「ごめんね。愛理ちゃん」

申し訳なさそうな小さな声だ。

「別に大丈夫よ。一人だから」

うん、と言ったまま、紀子は言いにくそうにしている。

「どうしたの。何かあった？」

「あのね、お店のお客さんが話しているのをたまたま聞いてね。愛理ちゃんに言うかどうか迷ったんだけど、やっぱり伝えた方がいいと思って」

「私のこと？」訊くまでもない。「何の話？」

「言ってもいい？」

「何を言われても大丈夫。気にしないで」

「ガラの悪い若い男たちが来てね。見たことがないから地元の人じゃないと思う。ピアスをしている男の人なんてこの辺にいないし。別に聞く気もなかったんだけど、フェアリーのママという言葉が出たから聞き耳を立てていたの」

「誰のこと？」

「狩野映子」

息を飲む。まさかその名前を聞くとは。

「フェアリーというのは？」

「スナック。母親がやっていた店を受け継いだのよ」

狡猾そうな母親の顔を思い出す。よく似た女になっていることだろう。

「ちょっと待って。じゃあ、杉沢食堂のときどうしていたの。従業員じゃないの？」

「ごめんね。それはわからない」

「そう」どういうこと。「映子がどうしたの？」

その男たちの話によるとこういうことらしい。映子が広瀬愛理を自分の同級生だと言ったことにも驚いたが、地獄に落とすと聞いたときは、できるわけがないと笑ったけど、まさか本当にやるとは驚いた。女の執念は恐ろしい。ブサイクな女に限って美人に強烈に嫉妬する。

「ちょっと待って。じゃあ偶然じゃなくてわざとやったってこと?」

許せない。今回の事件の発端。幸せな私たちを。そしてお義母さんを地獄に落としたのはあいつだ。それはわかっていた。でも復讐してどうする。必死で自分にそう言い聞かせた。悪意を持って意図的にやったのなら別だ。許せない。絶対に思い知らせてやる。

「愛理ちゃん、聞いている?」

紀子の声で我に返った。

「うん。大丈夫」

「聞かないほうがよかった?」

「ううん。そんなことない。ありがとう。こんちゃん。やっぱりあなたは親友だわ」

「そう。だったらいいけど、困らせただけじゃない?」

「そんなことない。それに薄々は知っていたの。教えてもらってよかった。すっきりした」

「そう。そう言ってもらえると電話してよかった」

躊躇する間があった。

「ねえ。愛理ちゃん。まさかと思うけど変なこと考えてないよね」

「変なことってなによ」復讐だ。気をつけて喋っていたつもりだが、怒気が籠っていたのかもしれない。気をつけねば。「大丈夫よ。頭に来るけど何かできるわけじゃない。忘れることにする」

「そう。だったらよかった。もう会うこともないしね」

「何かあるの？」

「映子と偶然会って話をしたんだけど、夜逃げするみたい」

「穏やかじゃないわね」

「常連さんからずいぶん借金していたみたいなの。中に大きく借りている人がいて。その人が亡くなって家族から催促されているらしい。証書を書いているから逃げられないってぼやいていた」

「どこに行くつもりなんだろ」

「聞いたけど教えなかった。どこに行っても似たような商売するんじゃない。それしかできないでしょ。こっちに親戚もいないし、二度と戻らないって言ってた」

冗談じゃない。逃がしてたまるか。

「いつ夜逃げするんだろ」

「本当かどうかわからないけど近いみたいよ」

今度またゆっくりね。スマホを置いてため息をつく。許せない。あいつは絶対に許せない。でも何ができる。映子のしたことは法に触れることではない。でも、あいつのせいで事件は起きた。思い知らせてやる方法はないものか。

スマホが鳴った。メールの着信音。件名は、人殺しの妹とある。またか。投げ出しそうになって思い止まった。発信者はもしかしたら映子ではないのか。

先ほど話を聞くまで想像もしなかった。発信者は私と翔平のメールアドレスを知る人間。そのことに囚われてもっと大事なことに気づかなかった。人殺しの妹。この言葉を吐けるのは、十五年前の事件の犯人が兄で、しかも私が妹だと知っている人物。そんな人間がどれほどいる。

アドレスから綾香の電話番号を捜し、通話ボタンを押す。ワンコールで出た。

「愛理ちゃん、こんな時間にどうしたの？　何かあった？」

「不躾《ぶしつけ》にこんなことを訊いてごめんなさい。迷惑メールで悩んでいたんですけど、私の個人アドレスが外部に漏れるってことはあるでしょうか」

「いくらでもあるわよ。個人アドレスと言っても職場の同僚は知っているし、教えてくれといわれて教えることもあるかもしれない。恋人や配偶者が勝手に見ることだってあるでしょ。私たちはそれなりに有名人。闇サイトとかで情報を売り買いされても不思議じゃないわ」

「そうですよね」

迂闊だった。綾香の言う通りだ。私の個人アドレスを映子が絶対に知らないとは言い切れない。礼を言って電話を切ると、メールを打ち始めた。夜逃げするくらいだ。相当金に困っているだろう。あの女なら金が手に入ると考えたら考えも変わるはず。

――もうやめてください。お金なら払いますから。

返信があるだろうか。祈るような気持ちで画面を見つめる。来た。五分も経っていない。

――明後日までにいくら払える？

愛理はすかさずメールをした。

――時間が短すぎます。頑張っても百万円は無理です。

――二百万円なら応じてもいい。

少し間をおいた。

――わかりました。借金してでも準備します。その代わりこちらも条件があります。手渡しで場所は仙台。時間は常識の範囲内で合わせます。受け渡しの場所はそちらで指定してもらって構いません。ただし、喫茶店など人目のあるところで。

ややあって、

――いいだろう。水曜日の十八時に仙台市内。場所は一時間前にメールする。

最後のチャンスだ。拳を握った。

4

月曜日になった。朝の捜査会議の冒頭、真田の報告がなされた。立ったのは門石だ。

「真田正雄と武の戸籍を取り寄せて確認しました。武は養子でした。武は通称で、本名は猛。旧姓は本郷。十五年前の事件の加害者である本郷猛です」

おおっ、と室内からどよめきが起きた。徳田が念を押す。

「愛理との関係は?」

「猛と愛理はそれぞれ父親と母親の連れ子同士です。四人は家族として一緒に暮らしていましたが、親である健一と裕美は入籍していないため家族でも姓が違ったんです」

「どうして入籍しなかった?」

「原因はおそらく愛理の母親の裕美です。父親は愛理が一歳のときに海で遭難しています。失踪宣告をされるまでは入籍できませんから」

「猛と愛理は精神的には兄妹だったのですか」天木が念を押した。

「いずれ戸籍を直すつもりだったのでしょう。周囲は四人が家族だと思っていました。ないのは血のつながりだけで、四人は家族だったと思います」

天木はゆっくりと頷いた。

「家族の秘密を知っている者はいませんでしたか」

「愛理の同級生で、親友だという金野紀子から話を聞きました。本郷と名乗っているが、戸籍上は違うのだと、愛理が自分にだけそっと教えてくれたそうです」

そういうことか。真田が愛理の部屋にいたのもそれで全て納得できる。

「当時の事件のことは?」

「愛理の元同級生たちから話を訊いて回りました」

同級生たちによると、自分たちが中学二年のとき、本郷愛理の兄が殺人を犯したというのは知っていたが、その同級生が広瀬愛理だと気づいていた者はいなかったという。

「小さい町のことです。当時は大騒ぎになりましたが、今では話題にもなりません」

「真田は実刑を受けたのですか」と天木。

そうです、と答えたのは別の捜査員だ。

「殺人ではなく傷害致死で起訴されています。母親が殺されたことで情状酌量はされましたが、ナイフを持ち歩いていたことから執行猶予とはならなかったようです。仙台少年刑務所に一年あまり入っています」

「出所後の足取りは?」

「出所してすぐに東京に住所を移しています。真田正雄と接触があったのは院内だと思われます」

「愛理も東京でしたね」

「愛理のほうは十五年前の事件の後、すぐに母方の伯父である中島聡史の養子となっている」

友永は手帳を開いた。「愛理が現在のテレビ局に就職したのは六年前、大学卒業と同時です。猛のほうも養賢青年団に勤務したのは六年前。ちょうど時期は一致します」

「つまり猛は、愛理を追って仙台に来たというわけか」

徳田が、天俊、と呼んだ。

「真田は十五年前に杉沢町で殺人事件を起こした本郷猛だった。そして妹が広瀬愛理だ。郁子と坂東夫妻を殺したのは真田か？」

天木は首を振った。「そうは思えません。いくら兄とはいえ、母親を殺した人間を二人が庇うとは思えない」

「なら、真田は無関係か」

「姿を消したことといい、二人の不可解な態度といい、真田が何らかの事情を知っている可能性は高いと思います」

徳田は貝山を向いた。「防犯カメラのほうはどうだ？」

「二つの事件現場の通行車両はすべて特定しています。真田の愛車である銀色のトライアンフは五城邸の周囲では見つかっていません。いま範囲を拡大して調べています。それと、坂東邸の付近でトライアンフの通行がなかったのか、この二点に絞って調べています。イギリス製の珍しい外車ですので、時間はそうかからないと思います」

貝山は、一つ咳払いをした。

「映像解析の結果待ちですが、どちらかの現場、あるいは両方に真田の映像が残っていれば事件に関与した容疑は濃厚です」

「そのときは重要参考人として手配しよう。挙式前と言っていられない。翔平と愛理からもじっくり話を聞かせてもらうことになる」

会議が散会すると、徳田は天木と友永に残るよう言った。野口もいる。

「瑞希たちが飲んだというスナックは狩野映子が経営するフェアリーかもしれん。狩野は行方が掴めない。夜逃げしたようだ」

「薮田はいかがです？」

「杉沢町から姿を消した」

「実家の親は事情を知りませんか」

「両親ともすでに他界している。親戚もいないそうだ。野口、続けてくれ」

「組対と生安の協力を得て薮田のことを調べてみた。野郎は国分町でガールズバーを経営している。強引な客引きと、法外な料金を請求するぼったくりバーだ。荒稼ぎしては潰して別の店を構える自転車操業を繰り返していたらしい。界隈では結構な顔だよ」

「わたしのことを知っていたようでした」友永が言った。

「お前さん、中央署の生安にいたんだって。分町最凶の女と呼ばれていたそうじゃないか」

「それはもういいです」

「薮田は別の組の筋者と揉めた。店で揉めた客を手下が半殺しにした。それが仙杜組の組長の息子だった。意識不明らしい。それで姿を消した。用心深い奴らしく、近頃はどこに移動するのも兵隊を連れているそうだ」

「ボディーガードはポンコツでした」

「お前さんがかわいがったのは三下だろう。薮田のボディーガードは市川精一。ニイチと呼ばれている。イチが二つあるからニイチだ。タッパが百九十。ガタイはプロレスラー並み。粗暴で短気。しかも残酷だ。女だろうが平気で殴る。暴行傷害、強姦は数知れず。十五歳のときに喧嘩で相手を殺して少年院に入っている。出てからは薮田が面倒を見ていた。素手なら無敵だそうだ。分町最凶の男と呼ばれている」

「面白い」友永は鼻で笑った。「新旧最凶対決をして、どっちが上か思い知らせてやる」

「馬鹿か、お前は」天木が吠えた。「それが警察官の言う台詞か」

「別に」つんと横を向く。徳田が、友永、と呼んだ。

「愛理を襲った連中は薮田かもしれない。目的は何だ?」

「姿を消したことと関係あるのでは?」

「年寄りにもわかるように言ってくれ」

「馬鹿の思考方法はシンプルです。おそらく目的は金。筋者と揉めたトラブルがどれほど深刻なのかは知りませんが、高飛びするのにまとまった金が欲しかった。大方そんなところでは?」

「そういうことか」徳田は何度も頷いた。「薮田は何らかの形で事件に関わっていることが濃厚だ。引き続き行方を捜させよう」

「係長。愛理を襲った連中が薮田の手先なら、連中はまた狙うはず。愛理と翔平の遠張り（捜査対象者の監視）を徹底してください」

5

玄関のチャイムが鳴って、愛理はモニターを見た。制服姿で社名の書かれた段ボールを持っている。大手配送会社の配達員だ。オートロックを解除し荷物を受け取った。開けて見る。思ったより小さい。こんなもので本当に大丈夫だろうか。説明書通りにセッティングして電源を入れる。精度にぶれがある。そのときの状態によっても違うみたいだ。

メールを送っている犯人に目星がついたことは昨夜のうちに翔平に話した。黙って聞き終えた翔平は、どうしたいのかと尋ねた。絶対に許せないと、愛理は答えた。言い知れぬ憎しみをずっとぶつけられ、あの女のせいで事件は起きた。あいつのせいで、お母さんが、そして兄が。あの女だけは絶対に許さない。

じゃあどうする？　と翔平は訊いた。わからないと愛理は正直に答えた。懲らしめてやりたいけどどうしていいかわからない。翔平に言うべきか。愛理は迷ったが、メールを送りつけて会う約束をしていることを話した。

「そんなことだろうと思ったよ」翔平はあきれた口調だ。「相手が一人で来るとは限らない。一人で会うのはよせ」

翔平は顧問弁護士を紹介してくれるという。大石公正という弁護士で、『さわやか杜の風法律事務所』の代表だ。場数を踏んでいるし度胸もある。必ず君の役に立つはずだと。

翔平の言う通り大石は有能な弁護士だった。今回の事のみならず、中学時代のことまで愛理の語った記憶の断片を見事な文章にまとめ上げた。でき上がったものを読んだ愛理自身が驚いたほどだ。刑事でだめなら民事で対応すればいい。損害要求額三千八百万円という額は驚きだが、どうやって額を算出したのかはわからない。おそらくたいした根拠はないだろう。

夜逃げするような女だからお金は取れないのではないか。大石はそうではないと言う。住民票の異動もできず公民権の行使もできない。愛理は首を捻った。あの女にとって、そんなことは痛くも痒くもないだろう。すると、大石は意外なことを言った。

「だったら、脅迫罪で訴えますか?」

「できるのですか?」

「お二人のスマホにメールが残っています。要求されたのは二百万円。かなり高額です。本人は自分から言い出している。事件の関与、過去の経緯もある。執行猶予はつかないでしょう。実刑を狙えます」

「どうすればいいですか」

大石は本人との会話を録音しろという。うまく誘導して相手から要求させるのだと。

「お金は渡したほうがいいですか」

「渡さなくていいです。相手が激昂しても払う必要はありません。怒声を上げたり暴力的なことをされたりすればすぐに刑事告訴します」

翔平は首を振った。「危ないことはやめてくれ。代理人でもいいじゃないか」

「引き受けますよ」

大石は信頼できそうな男だ。優秀なのも間違いない。用件をこなすだけなら、私よりうまくやるだろう。だが、と愛理は思った。

「相手は日陰の人間です。まして夜逃げ寸前の人間が、大石さんとお話をすると思いますか」

「それは――」大石は困った顔を見せた。

「相手は私を下に見ている。自分が優位に立っていると考えているから要求できる。私が行かなければ無理です」

「愛理。危険だ」愛理は翔平を向いた。

「夜逃げしたら二度と帰らない。会えるのは今回しかないの」

翔平は最後まで反対したが、愛理が折れないと最後は渋々同意してくれた。条件として出されたのは大石が同行し離れた場所で見ていること。身の危険を感じたら、その場で取引を中止し警察を呼ぶ。異論はない。愛理はにっこりと笑って見せた。

五城ホテルを出ると地下鉄を使わずタクシーに乗った。五日後は披露宴だというのに、全く実感がわかない。車は新愛宕橋の手前で左に曲がった。橋を渡れば五城邸だが、車はどんどん離れていく。私のせいでお義母さんが。出会った人を不幸にしてしまった。やはり私は呪われた女だ。披露宴などやれない。愛理は反対したが、翔平から、母が何よりも楽しみにしていた、と言われると、それ以上は反論できなかった。今までお世話になった人たちを全員お招きして、私の娘をお披露目するのよ。嬉しそうに語る郁子の顔が頭から離れない。

車窓を眺めるうち、忌まわしい記憶が蘇ってきた。

父の勤務先の社長だった萱場康夫が自宅に酒を飲みに来るようになったのは、父が亡くなって三か月も過ぎた頃だ。萱場は毎回、舌なめずりするような目で愛理を見た。

「お父さんの代わりだと思っていいぞ」

娘を卑猥な目で見る父親などいるはずもない。大好きな父と比べるべくもない。愛理は憎んだ。

中学二年生の六月だった。部活が終わり家に帰ったのは十八時、愛理は鍵を開けて入った。母と兄が帰るまで一時間以上はある。制服を着替え、茶の間に座ってテレビをつけた。

ガチャリ、と玄関が開く音がした。

鍵は閉めたはずだ。愛理は時計を見た。母が帰るには早すぎる。

「お母さん？」

愛理は訊いてみた。返事はない。みしり、と床を歩く足音が聞こえ、愛理は異変を察した。家族ならただいま、と挨拶をするはずだ。足音は静かに近づいて来る。愛理は立ち上がった。心臓が波打つ。恐怖で押しつぶされそうだった。

そのまま後ずさりすると、後ろ手でサッシの鍵を開け、裸足で庭へと出た。大嫌いなドクダミの臭いが鼻についたが、構わずに進み、金木犀の木の陰に隠れて、外から家の中を見た。茶の間の扉が開いた。開けたのは萱場だった。

がくがくと膝が震える。血が凍るような思いだった。血眼になって部屋中を捜しまわす萱場から逃れるように敷地を出ると、必死に駆けた。行きついたのは紀子の家だ。愛理の血相が変わっているのを見た紀子の母は、一目で事態を察してくれた。

紀子の母から電話を受け、母は迎えに来てくれた。

「ごめんね」愛理の話を聞いた母は、涙をこぼしながら頭を下げた。

「お母さんが悪いんじゃない。あの男に家に来ないように言って」

母は返事をしなかった。代わりに困ったように顔を歪めた。

「どうしてなの」愛理は母の肩を揺すった。「あたしはどうしたらいいの?」

「ごめんね」母は苦しげに顔を歪めた。「お父さんが入院しているときにお金を借りているの。返せと言われても返せないし、あの人、社長さんだから文句を言ったら会社を辞めさせられてしまう。お兄ちゃんが高校を卒業するまであとちょっとだから、もう少しだけ我慢して」

愛理は不安で仕方がなかった。母がいないときにまた忍び込んで来たらどうしよう。夜中に来られたら。考えただけで体が震える。怖くて仕方がなかった。だが、何も言わずうつむく母を見てこれ以上いっても無理だと悟った。二人は無言で家へと帰った。家の中に萱場の姿はなかった。バイトから戻ってきた兄に一部始終を話した。聞き終えると兄は深いため息をついた。

「お前は俺が守る」

「お兄ちゃんがいるときはいいよ。バイトで帰りが遅くなるときはどうするの」

兄は立ち上がり、自分の部屋に入ると机の引き出しから小さなナイフを取り出した。折り畳み式のポケットナイフだ。兄は刃を引き出した。小さいながら、ぎらつくような輝きを放っている。

「転校するとき友達からもらったやつだ」

兄は床に置いた。愛理は恐る恐る手に取った。

「なんか怖い」

「大丈夫だ。使わなくていいからお守り代わりに持っていろ」

車がマンションのエントランス前に着いた。それとなく周囲を見渡したがあやしい人影も、車もない。玄関を入るとすぐに洗面所へ。メイクを落とし洗顔すると、鏡を睨んだ。

美人で損することなんかないでしょ。皆はそういうが、それほど美人でもなければ、可愛くもない。大きな目は横から見るとカエルみたいだ。

この顔で生まれてきたせいで、人生が変わった。

父も母も、そして兄も、私を心から愛してくれた。私にはもったいないくらいの素敵な家族だった。でも、兄にとっては自分がいないほうが幸せだったのではないか。そう思えてならない。自虐的な思考は一度嵌《はま》ると容易に抜け出せない。鏡に映る自分を睨んだ。

どんなことがあっても、お前が負けなければいい。襲い来る困難、群がる敵、全てを叩き伏せるほど強くならなければ、自分も、周りも不幸にするだけだ。

私は負けない。愛理は鏡に映る自分に念じた。

第六章　隠された真実

1

　友永が帳場に入室したとき、徳田はひな壇で東雲管理官と話し込んでいた。すぐに天木もやって来た。天木は友永を見ることもなく着座した。事件発生から十九日目。二月二十八日朝の捜査本部会議は定刻の九時に始まった。この日は火曜日だった。

　東雲が会議の開始を告げると徳田は貝山の名を呼んだ。貝山は立ち上がると管理官と徳田のほうを向き、一礼した。

「真田の愛車である中型バイク・銀色のトライアンフが事件の当日十八時四十五分に五城邸から瑞鳳殿方面へと走っていくのを確認しました」

「郁子が殺害された後だな」東雲が念を押した。「真田はそれまでどこにいた？」

「確認は取れていません。バイクなら通行できる抜け道はたくさんあります。ずっと五城邸付近にいたのか、あるいは逆の愛宕橋方向に行ったのかもしれません」

「五城邸を出た後の行動は？」

「同じトライアンフが、約十分後に坂東邸近くの路上を通過しています。停車作業中だった引っ越し会社のトラックのドライブレコーダーに記録が残っていました。瑞鳳殿から評定河原を抜け、青葉区花壇に向かったものと推察されます」

徳田が大きく頷いた。「事件の発生時刻、真田が二つの事件現場にいたことは断定して良さそうだな」徳田は捜査員たちを見渡した。誰も異論を挟まない。

「戸籍上のつながりはないが、真田と愛理は兄妹として幼い頃から一緒に暮らしていた。父親が病死し、母親と三人で暮らしていたが、十五年前、真田は母親と妹を襲った相手を刺殺している。そのまま風化されていた事件が動いたのは杜の都テレビのロケが入った昨年十二月のことだ。広瀬愛理が自分の同級生・本郷愛理だと気づいた狩野映子は、薮田に会いに来た坂東瑞希に話した。ここまではいいか」

捜査員たちは頷いている。見渡した徳田がユキと呼んだ。誰のことだ。友永は左右を見渡したが、徳田は自分を見ている。

「そこから先の筋読みをしてくれ」

わたしが？　どうしてわたしが。「役不足ではありませんか」

「いいからやれよ」天木がぶっきらぼうに言った。

天木め。みなこちらを見ている。仕方ない。友永は立ち上がった。

「瑞希は愛理が原因で博之と激しい喧嘩をしています。愛理に対して怨みこそあれ、いい感情を持っているとは思えない。だとすれば、愛理がかつての自分の同級生だと知った瑞希は、帰って夫に伝えたでしょう。あなたの憧れの広瀬愛理は殺人者の妹だと」

「するとどうなる？」徳田が問うた。

「坂東博之の携帯には愛理への通話履歴が残っていました。目的はわかりませんが、博之は何らかの意図を持って愛理に電話をした。評判を聞く限り、目的はおそらく猥褻狙いの脅迫か、その類ではないかと」

「事件とのつながりは？」徳田は厳しい目だ。

「殺人者の妹というだけでは事件とはつながりません。つながりがあるとすれば、殺人を犯した愛理の兄が真田だと知られたということが前提になります」

「実際に事件は起きている。ミッシングリンクは無視していい」

ミッシングリンクとは生物の進化を鎖に見立てたときの間隙を指す。徳田が言うのは、事実と事実の間をつなぐ輪、未だ見えざるロジックのことだろう。

「博之は真田と何度かトラブルを起こしています。真田に殺人の前科があると知れば、得たり賢しとばかりに付け込んでくると思います」

「そのとき、真田はどうする？」

友永は首を振った。「博之は話が通じる相手とは思えません」

「その話を知っているのは瑞希も同じだ。自宅に押し掛けて押し問答になれば、夫婦ともに殺害する動機が生まれる」

「あくまで一つの仮説です」

「それでいい。検証は後でする。仮に真田が犯人とすれば、郁子を殺す動機は？」

「仮定ばかりを積み上げれば全く違う結論にたどり着きかねない。見たいものが見えてくるだけです」

「最終判断は俺がする。続けてかまわん」

狸親父め。舌打ちしそうになる。

「あくまで、真田が犯人だった場合の仮定条件下での推論です。いいですか？」

徳田はしつこい、と言わぬばかりに手を振った。

「真田が何としても知られたくなかったもの。それは殺人を犯した自分の過去に他ならない。婚約者の兄が殺人犯と知られれば破談になる。自分のせいで愛理の幸せが逃げていく。そう考えて咄嗟に口を塞いだ」

「あるかもしれんぞ」徳田は満足気に頷いている。「残るはミッシングリンクだ。瑞希も博之も愛理の兄が真田とは知らないはず。どうやったら知ることができる？」

徳田は友永の顔をじっと見ている。どうあっても話させる気らしい。

「青年団事務局の森谷かもしれません。森谷は杉沢中学の出身で、瑞希とも博之とも親しい。博之が森谷から聞いたとしたら辻褄は合います」

「真田は事件直前に五城邸を訪問したが、すぐに帰宅するのを家政婦が見ている」

「郁子を殺すつもりなら、忘れ物を届けることは偽装かもしれません。帰った振りをして再訪問する。それならば、後で遺留品が見つかっても言い逃れができます」

「アリバイ作りと言い逃れのための演出か」唸り声を上げた徳田は興奮した表情。

「それだな」東雲は思い込んでいる顔だ。危うさを感じる。東雲が天木を見た。

「天木主任はどうだ」

「ありえません」天木は言下に言い切った。東雲の表情が曇った。

「どうしてそう言える？」

「その理由で翔平と愛理が真田を庇うわけがない。どちらも吹っ切れたような目をしていました。納得して自発的に庇っている証拠です」

「なら犯人は？」

天木は首を振った。「現時点ではまったく」

「推測はそこまでにしよう」東雲は立ち上がった。

「後は真田と森谷の話を聞けば判明する。真田が二つの現場にいたことが明らかな以上、事情を知っていることは明白だ。それに真田には三人を殺害する動機がある。皆疲れていると思うが、息子の披露宴の前に被害者に吉報を届けたい。何とか踏ん張ってくれ」

はい、と大きく返事をして、捜査員たちは一斉に動き出した。

天木は浮かぬ顔だ。散会すると友永は近づいた。

「どうしました?」

「本当に真田が犯人だと思うか」

「犯人でなければ逃げる理由は?」

「真田が犯人だとしたらどうして逃げている」

「捕まりたくない」

「それだけか。それで愛理と翔平の行動を説明できるか」

そうだ。だから悩んでいる。その理由が推測できない。

「ぐだぐだ考えるより動くのが先です。いいから行きますよ」

2

リビングに入ると、愛理はバッグと上着をイスに置き、体をソファに投げ出した。

スーツが皺になる——。

頭ではわかっているが動けない。このまま寝てしまおうか。でも、このスーツはプラダ。郁子から贈られた大事な服だ。

愛理はどうにか体を起こすと、寝室に行った。スーツをブラッシングして、クローゼットにしまうとき、郁子の顔を思い出した。お義母さんが生きていたら今頃どんな顔をしていただろう。きっと私よりもはしゃいでいたに違いない。夜だってきっと寝かせてくれなかっただろう。ため息をつくと、鏡台に座り、ピアスを外した。

ティファニーの三連ダイヤモンド。買ったのは翔平と知り合う前。自分は一生結婚できない。だから貯金は最低額で十分。老後を考えて貯金にいそしむより、今を楽しむために使ったほうがいい。ずっとそう思っていた。いや、そう思い込もうとしていた。

鏡に映る顔には疲労が色濃く浮かんでいる。我ながらひどい顔だと思う。披露宴はもうすぐだ。翔平に恥をかかせるわけにはいかない。愛理はリビングに戻った。

お酒でも飲むか。

棚からウイスキーのボトルを取り出した。竹鶴の十七年は急に高騰し、最近は市場にも出回らなくなった。高騰する前、愛理は三本買った。自分が飲むためではない。兄の誕生日に贈ろうと思っていた。

去年の誕生日にプレゼントしたとき、兄はもったいないからこの部屋に置いてくれと言った。だったら毎週来てよ。愛理はそう言ったが、翔平と付き合い始めてから兄がこの部屋に来ることはなかった。愛理は大好きな兄を裏切ったような後ろめたさを感じていた。

リビングに戻りソファに座った。

映子のことが頭から離れない。身の程知らずの対抗心と筋違いの劣等感。ひねくれ者で、どうしようもなく馬鹿な女だった。ことあるごとに張り合い、負けると強烈な怨みをぶつけてきた。

「こいつ愛理よ。人殺しの妹よ」

本番収録中に大声で叫ばれたときは心臓が止まる思いだった。

とっさにカメラが切り替わり、愛理の凍った表情が放送されることはなかった。自分の耳にはっきり聞こえた言葉も、テレビではほとんど聞き取れなかったと知り、ホッとした。二度と杉沢町には行かなければいい。そうすれば、笑えない珍事で終わるはずだった。

映子の執念深さはそれで終わらなかった。それがまさか、回り回って郁子の耳にまで入るとは——。世の中は狭いものだと思う。いや、そうではない。これが私の運命なのだ。

私は幸せを求めてはいけない呪われた女だ。

ため息をつく。思うのはやめよう。何度そう考えたかわからない。でも、いくらそう思っていても、気づくと同じことを考えてしまう。業とはなんと深いものか。

まったく眠気が起きない。氷で満たしたグラスにウイスキーを注ぎ口に含む。甘く芳醇な香りが口中に充満する。喉を通るとき、それは焼けるような刺激に変わる。グラスをテーブルの上に置き、ソファに背を押し付けた。首を後ろに倒しこむと天井が見える。映子のせいで十五年前の記憶が鮮明に蘇った。思い出したくもない忌まわしい記憶が。

十五年前の八月一日だった。愛理は中学二年生。この日は夏休み中だが、補習期間中で通常と同じ授業があった。学校から帰ってきたのは十六時を少し過ぎた頃だった。バドミントン部は楽しかったが一学期で辞めた。下校途中、怪しい車に追いかけられたことが度々あったからだ。

どうやら自分は目立つらしい。

そう気づいてから、登下校は必ず紀子と一緒だった。薄暗くなってからは絶対に家を出なかった。帰ってからは必ず玄関のドアチェーンをするようにした。十八時前には母親が帰ってくる。兄は学校帰りにバイトがあるので帰りはいつも二十一時近くになる。兄が帰って来るまでは落ち着かなかった。

玄関のブザーが鳴った。時計を見た。十八時二十分。きっと母だろう。玄関のドアスコープから外を見た。立っているのは母だ。

「おかえりなさい」愛理はチェーンを外し、ドアを開けた。母の顔には生気がなかった。

「お母さん、具合でも悪いの?」

愛理、と呼び、母は玄関でうつむくと、後ろ手にドアを閉めた。

「どうしたの?」

顔を歪め、母は答えなかった。愛理は嫌な予感が沸き起こるのを感じた。

そのとき玄関のドアノブがガチャリと回った。開いたドアから入って来たのは萱場だ。ニヤついた顔から黄色い歯が見えたとき、全身に悪寒が走った。後ずさりした愛理は自分の部屋に逃げ込んだ。

引き戸だから鍵はかからない。小学校の修学旅行で会津に行ったときに買った木刀を支え棒がわりに押さえつけた。こんなものは気休めにしかならない。本気で入ってくる気なら、戸を蹴破るかもしれない。紀子の家まで走るか——。だが外はすでに暗くなっている。それに雨が音を立てて降っている。ひょっとしたら萱場はすぐに帰るのかもしれない。そう思うと裸足で出るのがためらわれた。

愛理の名を呼んで、母が部屋のドアを叩いた。

「ごめんね愛理、萱場さんがどうしてもお前と話がしたいとおっしゃって」

「何も話すことなんてない」

「萱場さん、今日は飲まずに帰るそうだから」

冗談ではない。娘の嫌がることをどうして強いるのか。母は頭がおかしくなったのではないか。

「嫌よ。あんな気持ち悪い男と話すなんて絶対に嫌」

「愛理、お願い——」

母の心底困った声に、愛理は思い直した。ここで意地を張っても母を困らすだけだ。嫌だけど仕方がない。母が悪いのではない。無理強いさせる萱場が悪い。

「わかった。今行くからちょっとだけ待って」

愛理は机の一番上の引き出しを開けた。中には兄からもらったナイフが入っている。お守り代わりだ。ジーンズのポケットに入れ、恐る恐る茶の間の前まで来た。

「おう、お姫様はやっとお出ましか」

萱場は胡坐をかいて上座に座っていた。酒は飲まないといっていたのに、萱場はビールを飲んでいる。へへへ、と笑う口元から黄色い歯が見え、目まいがした。

「学校は楽しいか」

「別に」と答えた。あんたのせいでめちゃくちゃだと、言ってやりたい。

その後いくつか会話をしたが内容は覚えていない。愛理が嫌々話をしているのにかまわず、萱場は上機嫌で喋り続けている。この男が世の中から消えればいいのに、強くそう思った。


意識が現実に引き戻された。目の前のグラスはいつのまにか空になっている。立ち上がって水割りを作ると、ソファに戻った。

時刻は二十二時を過ぎた。テレビドラマはいつの間にか終わっている。愛理はスマホを取り上げた。メールも着信もない。翔平はまだ仕事だろうか。

声が聞きたい。少し思案し、リダイヤルボタンを押す。翔平はワンコールで出た。

「そろそろかかってくる頃だと思ったよ」

「声が聞きたくなったの」

受話器の向こうで含み笑いが聞こえる。「それは僕？　それともトラさん」

「いじわる」

「トラさんは静かだ。もう寝たのかもしれない」

「そう。一日中部屋に閉じ込められたら気詰まりするものね」

「起こそうか？」

「ううん。いいの。聞いてみただけ。お仕事中にごめんね」

愛理はスマホをテーブルに置いた。

翔平と出会えたことは心の底から感謝している。こんな素敵な人に愛されて結婚できる。女としてこれほど幸せなことはない。でも、と考えてしまう。やはり出会わないほうがよかった。私は周りをすべて不幸にする呪われた女なのだから。

あの日の兄の顔が、まざまざと蘇ってきた。


愛理が気づいたとき、びしょ濡れでカッパ姿の兄が呆然と立っていた。萱場は口から血を吐き白目をむいている。左胸にはナイフが根元まで突き刺さっていた。お兄ちゃん、と叫んで、愛理は兄にしがみついた。兄は無言で愛理の背をやさしく叩いた。

「お母さんは？」

「もうダメだ」兄は首を振った。堰を切ったように涙が溢れてきた。兄は愛理の体を固く抱きしめ、やがて突き放すように離した。

「いいか愛理。警察が来たらきちんと話すんだぞ」

兄が警察に電話をすると警察はすぐにやってきた。兄は連行され、愛理は兄に言われたとおりに話した。母のいない隙に萱場から襲われた。私を助けようとした母が殴られた。もうダメだと思ったとき、兄が帰って来て萱場を止めようと揉み合いになっていた。それからどうなったのか、怖くて目をそむけていたので、よくわからない。そう言うと、警察は全く疑っていない様子だった。

その後、すぐに婦人警察官が付き添って、愛理は病院で診察を受けた。萱場に殴られた頬は腫れ上がり、履いていたジーンズからは萱場の指紋が検出された。

間違いないな、警察官たちが話しているのが聞こえた。その日は警察署ではなく、児童相談所に連れて行かれた。これからどうなるのだろう。兄はどうしているのだろう。不安でならなかった。

翌日、母の兄である東京の伯父がやって来た。伯父はすぐに転校させるという。自分は伯父の養子になると告げられた。どこかの施設に入れられるのではないかと思っていただけに、そう言ってもらえたのは嬉しかった。

「兄はどうなるのですか」と、愛理は訊いてみた。

伯父はすぐに返事をしなかった。そして、困った顔をすると小さく息を吐き、愛理を見て首を振った。「裕美の子はお前だけだ」

理由は愛理にもわかる。兄は亡くなった父の連れ子だ。まして殺人で逮捕されたのだ。面識がある程度の兄を、伯父が引き受けてくれるとは思えない。

「だったら養子には行きません。兄と二人で暮らします」

「馬鹿なことを言うな。帰って来なかったらどうする。刑が決まるのはこれからだ。もしかすると、長引くかもしれない」

「そんな……」

「ひょっとすると早く帰ってくるかもしれないが裁判のことはわからない。それまで家で待っていたらどうだ」

それでも迷っていると、兄を養子にはしないが、社会生活ができるように支援すると伯父は約束してくれた。そこまで言ってもらえれば、それ以上反抗する理由はなかった。

伯父の家族は愛理を温かく迎えてくれた。愛理は中島家の一員となった。その後、宮城県の小さな町で起きた事件が東京で報道されることはなかった。愛理はインターネットで、地元新聞のローカル記事を注意深く見続けた。

報道は兄妹に好意的だった。未成年者の犯罪ということもあるが、母が殺され、犯されそうになった妹を助けようとして正当防衛の果てにやむなく犯した殺人。もしかしたら罪が軽くなるかもしれない。愛理は期待したが、現実は甘くなかった。

ナイフを持ち歩いていたということが決め手になり、結局、兄は保護観察処分となった。少年刑務所に送られるという。

「兄に会いに行きたい」

愛理は何度も伯父に頼んだが、子どもが行くところではないと言われるだけだった。中学生の自分にはどうすることもできない。我慢する日々が続いた。

結局、兄に再会できたのは事件から一年半が過ぎた頃だ。

愛理は高校生になっていた。白いセーラー服の制服が有名な都内の学校だ。ある日、帰宅途中の路上に立っている人影に気づいた。その人は愛理を見つけると大きく手を振った。逆光で顔がよく見えなかったが、愛理の胸は痛いほど高鳴った。

恐る恐る近づくと、夢にまで見た兄の顔がそこにあった。

「ずいぶん大人になったな。別人みたいだ」

兄は首を振りながら感心したように言った。そういう兄はずいぶんと痩せて見えた。人に言えぬ苦労をしてきたのだろう。お兄ちゃん、と言ったら、とめどなく涙がこぼれた。

近くの公園に入り、夢中になって話した。兄は東京の府中に住んでいるという。真田という人の養子になったと聞いた。府中は遠いが行けないことはない。愛理がそういうと養父と暮らしているから家に来てはダメだという。兄はバイトを掛け持ちして働いていると言った。事件のことがあるから苦労しているはず。何も言わぬ兄の姿に胸が痛んだ。

それから、兄の休みの日には必ず会うようになった。といっても月に二回程度だったが、それでも愛理は兄と会えるだけで満足だった。

やがて愛理は東京の大学に進学した。その頃になると、兄は養父の家を出てアパートで一人暮らしをするようになっていた。

「一緒に暮らしたい」

あるとき、愛理は言ってみたが、即座にダメだと言われた。

「生活するのに精いっぱいで、お前の面倒は見られない」

兄は笑いながら言ったが、バイトを掛け持ちして結構収入があるのではないか。愛理がそう言うと、兄は少し困った顔をした。

「恩を忘れたら人間としておしまいだよ」

兄は仕送りをしていると言う。養父といっても形だけのこと。そこまで恩にきることはないのではないか。愛理にはそう思えたが、律儀な兄らしいとも思った。

そんなあるとき、兄の部屋に女性の痕跡を見つけた。見慣れぬヘアピンが洗面台のところにあったのだ。「彼女?」と聞いたが、兄は違うという。

「職場の知り合いさ。一度遊びに来ただけだよ」

「隠さなくていいよ。やきもちなんか妬かないから」

「本当にそんなんじゃないんだ」兄は目を逸らした。

もう、と愛理は兄の肩を叩いた。「好きなら付き合えばいいじゃない」

「好きになったら辛いだろ。どうせ結婚はできないんだ」

「えっ……」愛理は戸惑った。「それ、どういう意味？」

兄はしまったという表情をした。ねえ、愛理が腕を揺らすと兄は観念した顔になった。

「子どもができたらかわいそうだ」

言われて初めて気づくとは迂闊すぎる。穴があったら入りたい気持ちだった。子どもができて、将来その子が自分の父親が人殺しだと知ればどれほど傷つくだろう。だから兄は結婚もしない。彼女も作らない気だ。

「ごめんね、お兄ちゃん。あたしのせいで」

嗚咽《おえつ》がこみ上げた。兄は慌てて愛理の肩を揺すった。

「そうじゃない。彼女を作らないのは、まだ本気で好きな人と出会っていないからだ」

嘘だ、と言うと、兄は笑いながら愛理の頭を撫でた。

「俺のことはいいから、お前は自分が幸せになることを考えろ」

「そんなことできない」

兄が結婚しないなら自分も結婚しない。そう決めた。兄は察したのだろう。愛理、と呼んでやさしく笑った。

「もし俺が結婚できなかったら、お前が産んだ子どもを一人もらう。そして俺はその子と一緒に暮らす。それはどうだ」

「そんな先のことはわからない」

「いいか。お前は好きな人を見つけて結婚しろ。そうじゃなきゃ俺が困る」

やはり兄は結婚する気がない。ここで逆らっても無駄だ。自分が覚悟を決めればいい。

「わかった」愛理はにっこりと笑った。それ以降、兄とこの話をしたことはなかった。

報道関係に進みたいと決めたのは大学二年のときだ。華やかな職業というイメージに憧れたわけではない。世の中には許せない犯罪がたくさんある。許せない、ひどい人間もたくさんいる。そういう人を裁くために警察や司法があるのだろう。

だがそれは対症療法に過ぎない。社会全体に警鐘を鳴らす。世の中を変えるのなら、自分の言葉で世の中を動かせる人間になる必要がある。政治家でも宗教家でもなく、愛理が選んだのはジャーナリストだった。

お姫さまのようにすまして、用意された原稿を読み上げるだけなら誰でもできる。目指したのは自分で取材し、自分の言葉で問題提起する本物のジャーナリストだ。漠然とした思いを話すと、兄は大いに賛成してくれた。

「愛理ならきっとなれるよ。女子アナはたくさんいるけど、この国に本物のジャーナリストはいない」

現実はそれほど甘くはなかった。面接で志望動機を話すと、固すぎると笑われた。君が望むものを会社が採用するのではない。会社が望むものを持っている人間を採用するのだとアドバイスをくれた人事担当者もいた。結局、在京のテレビ局は全て落ちた。

そんなときに朗報が飛び込んだ。仙台で来年度から開局するテレビ局があるという。仙台は忌まわしき記憶のある杉沢町と近い。不安がよぎったが、家を出る必要性に迫られていた。伯父夫婦の一人娘、愛理にとって三歳上の従姉が結婚することになったのだ。

受けてみると結果は合格だった。仙台のテレビ局に就職することを伝えると、伯父夫婦は喜んでくれた。もう思い残すことはない。八年余り過ごした伯父の家を出た。

兄は同じ時期にバイト先を辞めて、一緒に仙台に来た。

一緒に暮らそうと愛理は提案したが、兄は首を縦に振らなかった。結局、歩いて十分ほどの距離のアパートを借りて住んだ。

「これからは毎日会えるね」

仙台に向かう新幹線の車中、愛理は胸を弾ませながら言った。

「無理だよ。俺はすぐに彼女をつくるから、そうなったら、お前はもう来るなよ」

視線を合わせると兄は目を逸らした。無理をしているのだと痛いほどわかる。これからは私がお兄ちゃんを助ける。車窓に映る兄の横顔を見ながら愛理は誓った。

3

青年団事務局を訪ねたが真田と連絡は取れていないという。代わりに退職願が届いた。理由は一身上の都合とだけ。退職願のコピーと封筒の原本を受け取り事務局を出た。

「追われていることを悟ったということですね」歩きながら友永は天木に言った。

「そういうことだな。消印は府中だったが、投函だけ義父に頼んだのかもしれん」

「戻らずに退職するということは、事件と関係があると宣言するようなものです」

真田はどこにいるのか。新幹線やＪＲはもちろん、市内は指名手配並みの厳戒態勢にもかかわらず全く姿を見せない。

「隠れるのは目的があるからだ」

「追われているのを知りながら結婚式前に愛理に会いに来ると思いますか」

天木は答えずに首を振った。

アポなしで愛理のマンションを訪ねたが、遠張りの捜査員の車がなかった。外出中か。天木は五城ホテルに張り付いている捜査員に連絡を入れた。愛理は九時過ぎにやって来て、ずっと翔平の執務室にいるという。式の打ち合わせでもしているのだろう。

「一度、帳場に戻るか」天木が訊いた。

「行きたいところがあります」友永はスマホを取り出し、かけてみた。田中は今日も出勤していて、今なら時間が取れるという。杜の都テレビに向かうよう天木に言った。

「今さら何を訊く気だ」

横を向く。「いろいろ」

「お前、俺には全部話させるくせに、自分のことは言わないな」

「うるさいなあ。黙って運転する」

俺様かよ、と天木はぼやいた。杜の都テレビに着くと、田中はロビーの受付のところに立っていた。上下とも白のスーツだ。厚めの生地で光沢がある。ブランド品だろうか。型通りの挨拶をすると、田中は応接室に招いた。

「捜査のほうはいかがですか」

「正直言って難しいです」友永は首を振った。

「そう。余計なことを聞いたらごめんなさい」

「いいえ。田中さんにはいろいろとご協力していただきました。本当に感謝しています」

「とんでもない」田中は慌てて手を振った。「少しでもお役に立てたら嬉しいです」

「そういえば、先週は愛理さんの送別会をされたそうですね」

「ええ」

「帰りにたまたま愛理さんと会ったんです。すごく立派な薔薇の花束を持っていらして」

「愛理ちゃん、人気があったから」

「すごく素敵な花でした。あれは田中さんが頼んだのですか」

「そうですけど何か」

「センスがいいなと感心しました。後輩のために。優しいのですね」

「そんなことはありません」田中は困惑顔で手を振った。

テレビ局を出ると、「お前、何を考えている」天木は疑いの目を向けた。

「別に」そっぽを向く。またかよ。天木の首が折れた。

「目的があるから来たんだろ」

「さあ」

「何かわかったのなら言え」

さすがの天木も気づかぬらしい。現場にいなかったのだから無理もない。気づいたのはわたしだけか。口を開きかけたとき、無線が入った。徳田からだ。友永は出た。

「五城ホテルに張り付いている野口から連絡が入った。翔平と会っていた男が東京行の新幹線に乗った」

「不審な点でも?」

「男は襟に弁護士バッジを付けていた。わざわざ東京の弁護士と会うというのは何の理由がある?」

たしかに気になる。友永が口を開きかけたとき、スマホが鳴った。愛理からだ。徳田に断りを入れ、通話に出た。

「ごめんなさい。友永さん。今、電話よろしいですか」

「構いません。何かありましたか」

「ちょっと出かける用事ができまして。市内なので夜には戻ります」

「ちょっと待ってください。お一人ですか」

「いえ。同行している人がいますのでご安心ください」

「愛理さん、どこに、何の用で行くのですか」

愛理はすぐに返事をしなかった。ややあって、

「過去との決別です」

とだけ言った。どういう意味だ。「危ないことをしようとしているの？」

「大丈夫です。何かあったらすぐに警察に電話します」

「それでは遅い。いいこと。愛理さん。あなたは狙われている。軽はずみな行動をしては駄目です」

考えるような間があった。

「ごめんなさい。でも、自分の人生は自分がけりをつけなくちゃいけないから」

「それが間違っている」友永は叫んだ。「人はみな一人で生きていく。でも、人は一人じゃない。

間違っちゃだめ」

電話の向こうで息をのむ気配がある。

「ごめんなさい。もう向かっているんです」

「場所を教えて。わたしも行く」

「ごめんなさい。友永さん。許して」

「あなたに何かあったら、翔平さんだけじゃない。亡くなった郁子さんも、お兄さんも悲しむ。馬鹿なことはやめなさい」

「全部……、お見通しなんですね」

息を漏らす音が聞こえる。「ごめんなさい。もう戻れません。友永さんにはお伝えしなくちゃいけないと思ってお話ししました」

「愛理さん。場所だけでも教えて」

愛理はすぐに返事をしなかった。電話の向こうで、ためらうような数秒の間をおいて言った。

「私の部屋の靴箱の上に手がかりがあります。部屋の鍵は郵便ポストの中です」

4

ハンドルを握る大石が、このまま向かって大丈夫ですかと訊いた。

「大丈夫です」と愛理は答えた。今さら引き返すことなどできない。

車は仙台南インターを過ぎた。腕時計を見た。ブルガリのルチェア。郁子からの贈り物。濃い茶色のレザーベルトが映えるお気に入りだ。時間は十七時三十分を過ぎている。ここから先は混まない。十五分もあれば着くだろう。母も養母も、私を愛してくれた。知り合ってから過ごした時間は短かったけど、郁子も二人と同じように私を愛してくれた。本当なら今頃は楽しく過ごしていたはず。未来を理不尽に奪ったあの女は絶対に許さない。

車は秋保温泉の老舗ホテル・仙臺《せんだい》亭に着いた。ドアボーイが扉を開け、愛理は車から降りた。大石は駐車場に車を停めて来るという。ロビーにいると愛理は伝えた。フロントに挨拶され、にっこりと笑って会釈するとロビーへ。時間が時間だけにチェックインする客は少ない。館内を見渡す。映子の姿は見えない。大きなソファに腰を下ろす。

本当に来るのだろうか。

来なかったらどうしよう。そのときは諦めるしかない。でも、諦められるだろうか。

愛理が息を吐いたとき、柱の陰から、顔だけ出してこちらを見ている女に気づいた。茶髪。ろくにメイクもしていない。上下とも紫色の服。品位の欠片もない。映子だ。同じ歳とは思えないほど老けているが、映子に間違いない。

映子は感情のない顔で愛理を見ていたが、突然背を向けた。逃げる気か。

「待って」愛理は立ち上がった。映子は廊下を奥に歩いている。愛理は追った。映子が先ほどいた柱のところまで行くが、廊下に映子の姿はない。どこに行ったのか。辺りを目で追う。いた。映子は中庭に出ている。散策路に出る通用口があった。ドアを開け中庭へ。映子は敷地の隅に出ようとしている。逃がすものか。愛理は追った。映子は敷地の隅で一度立ち止まり、愛理を見ると、大きな庭石の影に隠れた。隠れんぼでもするつもりか。庭石の奥に行くと、奥にも庭が広がっている。雅な離れが数棟見えた。映子の姿が見えない。

そのとき、竹林の陰から数人の男たちが出て来た。まさか。おびき出されたのか。愛理の思考はフリーズした。

第七章　分町最凶の称号

1

友永はリダイヤルしたが電源を切ったのだろう。機械音声が流れた。

電話を切ると、天木に、愛理のマンションに向かうよう言った。話を聞いて察したのだろう。

天木は何も言わない。

愛理を張り込んでいる捜査員に無線連絡を入れる。出たのは大樹だった。

「愛理ならまだ五城ホテルにいます」

「何を寝ぼけている。もう出た！」

返事を待たずに無線を切り、翔平に電話をかける。ワンコールで出た。

「用件のみ言います。愛理さんはご一緒ですか」

「先ほど帰りました」

「愛理さんの行き先はどちらですか」

「場所は知りません」

「知らぬはずがないでしょう。隠しているのなら怒りますよ」

「これから会う相手に、国道286号線を、茂庭《もにわ》から秋保方面に向かうよう指示されたのです。近くまで行ったら場所を教えると言われて」

組織犯罪者や誘拐犯がよく使う手口だ。

「相手は誰です？」

「確証はありませんが、愛理は中学の同級生かもしれないと。狩野映子さんです」

愛理が危ない。

「いいですか、五城さん。これは相当危険な状況です。同行者の方はお知り合いですか」

「弊社の顧問弁護士です」

「すぐに連絡を取ってください。折り返し待っています」

車は愛理のマンション前の路上に着いた。天木は赤色灯を出している。スマホを置くと天木を見た。「愛理と連絡がつかなければ緊急事態です。徳田係長に報告を」

言い捨てて車外へ。マンションのエントランス脇に郵便ポストの集合棚がある。愛理の部屋番号七〇一を探す。数字四桁だ。愛理の携帯電話の下四桁とは全く違う。毎日開閉するなら数字は変えても一つだろう。一番右側を一つずつ回してみる。駄目だ。開かない。

スマホが鳴った。翔平からだ。

「友永です」

「五城です。同行している人間と連絡を取りましたが、愛理の姿が消えたようです。同行者も私も焦っています」

「場所は？」天木がすぐそばに来ている。

「秋保温泉のホテル仙臺亭です」

行け、と顎で合図する。天木が走った。無線報告するだろう。応援を要請するしかない。

「愛理さんのマンションの郵便ポストの四桁。暗証番号と同じかもしれない。わかりますか？」

「聞いていません」

唇を噛む。「今の数字は３３８４です。見覚えは？」

「申し訳ない。ありません」

どうする。壊すか。「実家の電話番号。クラスの出席順。何でもいい。思い当たる数字はありませんか」

「そう言われても……」考えている様子が伝わってくる。

「あっ。もしかしたら出生時の体重かも。燦々な人《3314》よ、か、散々で全然違うとこぼしていたことがあります。３３１４です」

そう来たか。ダイヤルを回す。

「開きました。何かわかれば連絡をください」返事を待たずに通話を切る。

愛理の部屋七〇一号室へ。カードキーで開錠して中へ。下駄箱の上に紙があった。ＧＰＳ発信機だ。スマホを取り出し、カードリーダーをかざす。映れ。出た。場所は秋保温泉湯元。仙臺亭だ。表示がぶれる。ホテルじゃない。ホテル後ろの建物の一番奥にいる。友永は部屋を飛び出した。

「どうだ？」天木は捜査車両の前で立っていた。

「場所がわかりました。急ぎます」友永は運転席に乗り込んだ。

サイレンを鳴らす。天木が乗り込むと、友永はアクセルを床まで踏み抜いた。リアタイヤが悲鳴を発し、車は一度左にぶれるとロケットのように飛び出した。目の前に車が迫る。スピードを緩めることなく右へ。躱す。

「飛ばし過ぎだ」天木が吠えた。

「聞こえなあい。掴まっていてください。ここから先は飛ばします」

「な、なにい。もっとか！」

ペダルシフトを二つ落として三速へ。べた踏みすると、ホイールスピンしたクラウンが猛然と前へと駆け出した。

2

両脇を見知らぬ男たちに掴まれた愛理が案内されたのは、平屋造りの別棟だ。紫雲という部屋の札がかかっている。靴を脱がされ中へ。和室二間続きの部屋だ。十二畳が二部屋繋がっている。広い。板の間に籐椅子《とういす》がある。男が一人座っていた。男は背中を向けて庭を見ていた。髪は金髪。愛理を連れてきた男たちが手を離し、背中を押した。

たたらを踏んだ愛理は男のほうへ。男が振り向いた。凶悪な人相。凄まじい目付き。頬に大きな傷がある。男は無表情な目で見た。

「私をどうするつもりですか」犯されるくらいなら舌を噛んで死ぬ。

男は頬を緩めた。遅れて気づく。笑ったつもりらしい。

「ご挨拶だな。本郷」

「えっ」その名を知るのは杉沢町の人間しかいない。そういえば男の顔に見覚えがある。

「もしかして、薮田……君？」

「やっと思い出してくれたか」

サッカー少年だった面影はどこにもない。すっかり日陰の人間だ。

「どうしてあなたが出てくるの？」

「腐れ縁だな」

薮田は立ち上がると愛理の前に立った。「大人しくここで過ごしてくれ。心配いらない。明日には無事に帰す。条件次第だけどな」

「条件とは？」

薮田は答えずに首を振った。酷薄《こくはく》そうな目だ。訊いても答えないだろう。

「映子は？」

「お前を呼び出すまでがあいつの役目だ」

「会わせて。言いたいことがあるの」

「残念ながら映子はもう旅立った。二度と宮城には戻らないそうだ」

「夜逃げしたってこと？」

薮田はそうだ、とも、違うとも言わなかった。

庭のほうから男が顔を出した。百九十センチ近くあるだろう。大男だ。虚ろな目。表情のない顔でじっと見ている。知能が足りなさそうに見える。嫌悪感しか湧かない顔だ。

「逃げることは考えないほうがいい。あいつはニイチ。何人も人を殺している。女だからといって容赦はしない。あいつにはお前が逃げたら殺していいと言ってある。死ぬまで犯される。犯しながら殺すのが趣味のド変態だ。そうはなりたくないだろ」

ニイチの服には血が点々と付いている。頬に傷がある。あれは爪の跡じゃないのか――。ニイチがこちらを向いてにやりと笑った。身の毛がよだつような舌なめずりする目。あの目をどこかで見た。忘れもしない萱場だ。全身から悪寒が湧きおこり愛理は自分の両肩を抱いた。

　藪田が手を出した。「スマホは預かる」

「どうして？」

「少し電話をするだけだ。用件がすめば返す」

「誰に何を話すの？」

「訊かないほうがいい。あんたのためだ」

　嫌だと言っても許さないだろう。それほどの凄みを感じる。愛理は恐る恐る手を出した。ロックがかかっていないことを確認すると、じゃあな、藪田が出て行った。

3

　スマホが鳴った。愛理だ。翔平は表示を見てすぐに通話ボタンを押した。

「もしもし、愛理。無事だったのか」

「五城翔平さんですか」

　落ち着いた男の声。愛理ではない。

「あなたは？」

「薮田といいます。愛理さんの知り合いの者です」

「なぜあなたが愛理の携帯を？」

「愛理さんからお借りしました」

「愛理はどこに？」

「ご心配なさらなくとも手荒な真似はしていません。とあるホテルの客室にお一人でおられます」

危害を加えていないと言いたいのか。「ご用件は？」

「単刀直入に言います。お金を融通していただけませんか」

「つまり身代金誘拐ですか」

「人聞きが悪い」男の声に怒気が混じった。「愛理さんは同級生に会いに来ただけだ。私はスマホを借りただけ。勘違いしてもらっては困る」

刺激するのは止めよう。愛理に何かあったら大変だ。

「警察が探知するかもしれない。手短にすませます。明日までに現金で三千万円用意してください」

「そんな大金をすぐには無理です」

「寝ぼけるな」腹にこたえるような怒声が響いた。これがこの男の素か。「失礼いたしました。あなたも言葉使いには気をつけてください」

「わかった。言う通りにするから愛理には手を出すな」

「わかっていませんね。人質じゃないと言っているでしょ」

「なら愛理を帰してくれ」

「ええ。電話がすめばお迎えに行ってあげてください。何ならご一泊されたらいかがです。眺めのいい部屋ですよ。秋保温泉仙臺亭の離れ。紫雲の間です」

場所を教えるとはどういうことだ。わからない。この男の狙いは何か。

「愛理を帰しても私が金を払うとでも?」

すると男は思いもよらないことを言った。頭の中が真っ白になる。ややあって、

「まさか」

翔平はようやくの思いでその言葉を吐いた。

「あのとき、私も現場にいたのです。小僧だったので外で見張りでした。おかげで一部始終を見てしまった。今までは誰にも言うつもりはなかったのですが、今回のことで思い出してしまいました。これでお願いできないかと」

ゲスめ。腹の底から怒りがこみ上げる。落ち着け。感情的になるな。翔平は鼻から息を吸い込み、深く吐いた。

「そうやって一生要求するつもりですか」

「とんでもない。別件で下手を打ちましてね。もう仙台には戻れません。二度と要求することは

ありません。ご安心ください」

この手の男の言うことは信用できない。どうする。なんと答えればいい。

「払わなかったら？」

電話の向こうで失笑が漏れた。「お考えください」

単純な脅迫じゃない。言葉の効果を知っている。頭の切れる男だ。

「明日までに現金で三千万は無理です。せめて日にちを伸ばせませんか」

「残念ながら無理です。日にちは動かせません。足りなければ集まっただけで結構ですが、そうですね、そのときは相応のペナルティがあるとお考えください」

ぎりぎりと奥歯を噛み締める。

「受け渡しはどのように？」

「明日改めてご連絡します。場所と受け渡し方法はそのときに」

鼻息を吐いて気を静める。「わかりました」

「言うまでもありませんが、警察に話せば取引中止です。こっちだって警察に追われるリスクをわかって交渉しているんだ。私の立場も考えてください」

勝手なことを言いやがる。盗っ人猛々しいとはこのことだ。返事ができずにいると、

「素晴らしい取引になることを願っています」

それだけ言って電話は切れた。友永の携帯に電話をかける。すぐに出た。

「友永の携帯です。天木がお受けします」

「五城です。友永さんは？」

「運転中です」

緊急通行のサイレン音が聞こえる。愛理のために必死で駆け付けているのだ。翔平は礼を言うと、今あった電話のことを語った。

「電話をかけてきた相手に心当たりがあります。客室というのもおそらく本当でしょう。今向かっています。こっちは私たちに任せてください」と言ったあと、天木は訊いた。「薮田の用件は何でした？」

言葉に詰まる。

「いえ。具体的には何も」

天木に考えるような間があった。

「五城さん。もしかして、脅されていますか」

また、言葉に詰まる。

「いえ。そういうことは――」

「そうですか」少し間を置き、「薮田は逃亡資金が欲しいはずです。理由を構えて要求することでしょう。禍根を残してはいけません。私たちに相談してください。まもなく着きます。また連絡します」

天木は電話を切った。どうか、どうかお願いします。スマホを握りしめ翔平は祈った。

4

ホテルが近づくとスピードを落とし、サイレンを止めた。赤色灯を下ろす。ホテルの駐車場はかなり広い。後続の捜査員たちが到着するのはしばらく後だろう。皆、赤色灯を点けずに通常走行で来るよう指示を出している。車を一番奥に停め、シートベルトを外す。天木が大きく息を吐いた。

「お前は二度とハンドルを握るな」

「いいから行きます」友永は無視してドアを開けた。

警察手帳をかざしながらフロントへ。寄ってきたスーツ姿の男は大石と名乗った。愛理を乗せてきた顧問弁護士だという。任せるように言い、フロントへ。事情を話すとホテルマンは青ざめた。敷地配置図を見る。一番奥にひっそりと佇む一角がある。紫雲の間。おそらくここだろう。宿泊客名簿はありきたりの名前の男女だ。偽名だろう。マスターキーを借り、庭から忍び込むことにした。

庭園内には散策に困らぬ程度に庭園灯がある。玉砂利とコンクリートが交錯する散策路だ。音を立てぬようにそろりと足を踏みだす。紫雲の間が見えて来た。カーテンは引かれていない。外から室内が見える。一人掛けのソファに腰を掛けているのは愛理だ。険しい顔で奥を睨みながら腰を浮かせている。今にも逃げ出しそうな姿勢でいるのは、舌なめずりしながら見ている男のせいだろう。プロレスラーのような体格。知恵が足りないかのような呆けた顔。それでいて油断ならない目つきをしている。おそらくニイチだ。周囲には誰もいない。ニイチ一人のようだ。掃き出し窓に鍵はかかっていない。手をかけ、一気に開ける。そして叫んだ。

「愛理さん」

驚いた顔で振り返った愛理だが、すぐに涙目になった。愛理は友永に近寄った。

「ごめんなさい。友永さん」

「後で聞く」言いながら友永は前に出た。ニイチの表情は読めない。鈍感なのか、感情がないのか。こんなのと比べられるとは落ちたものだ。分町最凶の称号はくれてやる。ニイチが、にたりと笑った。

「お前ら、まとめて犯してやるぞう」

全身に悪寒が走った。鳥肌が収まらない。この手の男は許さない。友永は股間を蹴った。ニイチがうずくまった。

「気持ち悪いんだよ」

うずくまったニイチが手を払った。裏拳が音を立てて鼻先をかすめる。スピードはないが、力は相当ある。躱すと同時に右足で顎を蹴り上げる。のけぞったニイチだが、効いたようには見えない。右の回し蹴りを放つ。左顎にジャストミートした。普通は吹き飛ぶがニイチは微動だにしない。よほど体幹が強いのか。それとも鈍いだけか。友永は一歩下がると、くるりと背を向け、後ろ回し蹴りを見舞った。顎にヒットした。首を後ろにやったニイチだが、すぐに戻した。

驚愕する。プロの格闘家でさえ、友永の攻撃をこれだけくらって平気でいられる者はまずいない。肉体が異常に発達した獣のようだ。ニイチはじりじりと寄って来る。捕まえるつもりらしい。誰が捕まるか。気持ち悪いんだよ。お前は。

前蹴りを高く頭上に上げ、体重をたっぷりと乗せた『かかと落とし』を脳天に見舞う。ニイチが片膝をついた。構わず顎を下から蹴り上げる。ニイチは後ろに吹き飛んだ。さすがに効いただろう。ところがニイチはまた立ち上がって来た。口から血を流しているが戦意を喪失していない。燃えるような目で睨んでいる。

「お前、殺す」

「馬鹿にわたしは殺れない」

「俺は馬鹿じゃない。すっげえ頭がいい」

「そういうことを言うのが馬鹿の証さ」

「殺してやる」

嘲笑する。その調子だ。怒ってかかって来い。とびきりの蹴りをカウンターで見舞ってやる。

すると、ニイチは意外な行動に出た。隣の部屋に入った。逃げたのか。思う間もなく、戻って来たニイチは白っぽい木刀を持っていた。

「チキンが。得物を持った時点でお前の負けだ」

「う、う、うるせえ」

吃りながら吠えたニイチは鞘《さや》を払った。長ドスだ。匂い立つような乱れ波紋。鈍い光芒を放っている。安物じゃない。かなりの業物《わざもの》だ。

「友永、よせ。無理をするな！」

後ろから叫んだのは天木だ。愛理を背中に庇っている。他の捜査員たちも駆け付けたことだろう。姿を見せないのはニイチを刺激しないためだ。

「大丈夫。任せて」

天木の顔が歪んだ。笑って見せる。ニイチは憤怒《ふんぬ》の表情だ。状況が理解できないらしい。

「黙って手をつけ。やらせるなら生かしてやる」

「お前みたいなブサイクにやられるくらいなら死んだほうがましだ」

「ま、ま、真っ二つにしてやる」

それでいい。横に払われると面倒だ。

ニイチはドスを振り上げ、友永に向かって真っすぐに落とした。遅い。躱しながら裏拳を鼻に叩き込む。鼻骨がひしゃげ鼻血が噴き出す。どうやら剣道の心得はないようだ。これならやれる。

鼻を押さえたニイチが顔を上げた。仏像も驚くほどの怒った表情。

「やめろ！」

天木の声が響く。大丈夫。心の中で唱える。わたしはこんなものじゃない。

ニイチがドスを頭上に振り上げると、友永は前に進んだ。ニイチが慌ててドスを振り下ろす。間合いを縮めたのだ。これで十分な力が入らない。手打ちとなったドスを左手で受け止めた。がちん、という金属音が響く。同時に伸ばした友永の右腕が、ニイチの喉に吸い込まれる。次の瞬間、刀を投げ出したニイチは激しくむせた。喉を押さえてむせているニイチに無造作に近づくと、脳天に拳を打ち落とす、血が十センチほども吹き出し、音を立ててニイチは倒れた。友永は大きく息を吐いた。

「お前、大丈夫か」駆け寄った天木は、友永の左手を取った。そして袖口をめくった。

「なんだこれは？」

黒鉄の鈍い光を放っている。「古武術の籠手《こて》。筋金が何本も入っている」

「ドスもバットも平気な理由はこれか」

言いながら天木は友永の右手を上げた。握っているのは鉛筆ほどの長さの棒。太さは一センチほど。上から五センチほどの位置に丸いリングが付いている。

「なんだこれは？」

「寸鉄《すんてつ》。タクティカルスティックと似たようなものです」

「お前、これで突いたのか」天木はあきれた顔だ。

「暗殺器具だから加減が難しい。少し強ければ簡単に殺してしまう」

「恐ろしいやつだ」天木はニイチを見た。「手加減したのか?」

していたら、血が噴水のように噴き出すことはないだろう。

「気持ち悪い男は嫌いです」

天木が首を振ったとき、捜査員たちが続々と入って来た。ニイチは白目を剝いて目を覚まさない。救急車を手配するという。愛理を静かな場所に案内して座らせた。愛理は盛んに頭を下げている。いい。いい。友永は止めさせた。

その場で翔平に電話をかける。簡単に事情を説明して電話を切った。

「いたのは薮田君でした」愛理が言った。

「薮田は五城さんに電話をかけています。おそらく恐喝したと思われます」

「そのために私を人質にしたのですか」

「人質ではなく、単なる脅しでしょう。狩野映子があなたを呼び出したと言い張れば、知らぬ存ぜぬを通せる」

「そんな――」

「愛理さん、あなたはどうしてここに来たの?」

もう隠し事はできない。

「事件後、匿名の中傷メールで悩んでいたんです。最初は『人殺し』、次は『人殺しの妹』。翔平さんにも送られてきた。私と翔平の両方の個人アドレスを知っている人間は限られる。そう思っていたのですが、気づいたんです。『人殺しの妹』と知っている人間がどれだけいるだろう。そこで閃きました。映子だと。映子が夜逃げする寸前だと同級生から聞いたので、お金を出すとカマをかけたんです。そしたら乗って来たので、お金を渡すためにここに来ました」

「狩野映子とは会えたの？」

「姿を見たけどすぐに逃げられて。追いかけたら捕まって監禁されたんです」

「その後は？」

「それきりです。見ていません」

狩野映子は薮田とグルだ。現場を他の捜査員たちに任せ、天木と二人で愛理を五城ホテルまで送っていくことにした。秋保温泉から仙台駅前の五城ホテルまでの小一時間。車中は無言で来た。

覆面パトカーが停まったのは五城ホテルの地下駐車場だ。助手席の友永がドアを開け愛理が車を降りた。運転席から天木が降りた。

翔平の執務室に入ると、憔悴しきった顔の翔平が部屋の中で立って待っていた。愛理は無言で頭を下げた。気持ちが痛いほど伝わる。やがて二人は、刑事たちを向いて深々と頭を下げた。

「本当にありがとうございました。お礼の申し上げようもございません」

二人は腰を折ったまま動かない。友永が近づき無理やり頭を上げさせた。このまま話を訊きたいところだが、さすがに今日は酷だろう。

「明日改めてお話を伺います。今日はゆっくり休んでください」

「ありがとうございます」

「五城さん」天木が言った。「先ほどお話ししたことをよく考えてください。連絡は私の携帯でも構いません」

翔平は答えずに頭を下げている。簡単な挨拶の後、ホテルを後にした。


捜査車両に乗ると、「なに？　あれ」友永は訊いた。

「さっきお前の運転中に翔平と話をした。言葉を濁して話さなかったが、翔平はおそらく薮田に脅されている」

「愛理を解放した。脅す実効性はないのでは？」

「あるとしたら」

「どんな？」

「わかるわけねえだろ」

「ほんと使えない」

「おま、上司に運転までさせといてそれを言うか」

つん、と澄まして横を向く。

帳場に戻るとスタンディングオベーションで迎えられた。お疲れ。よくやった。拍手の中、奥に進む。徳田の前に立ち、「ただいま戻りました」友永は頭を下げた。

「怪我は？」

「ご覧の通り美人のままです」

「よくやった、と言いたいところだが、お前、少しやりすぎだ。ニイチは意識が戻らない。死んだら厄介だぞ」

「日本刀振り回して、はかなげな女性警察官を殺そうとしたんですよ。仕方がありません」

「はかなげな女性警察官は、身に寸鉄を帯びていたらしいな」

「レディの嗜《たしな》みです」

「左腕に籠手を仕込むのは？」

「備えあれば患《うれ》いなし」

「お前さんってやつは」徳田は首を振った。「286号線を相当飛ばしたらしいな。付近を通行したドライバーからの通報が相次いでいる」

「到着が五分遅れていたら愛理は強姦されていました。それに比べたら屁でもありません」

だめだこりゃ。徳田の顔がそう物語っている。

「まあ、小言は後にしよう。拉致の黒幕は薮田か」

「愛理はそう言っていましたが、実際はわかりません」

「薮田は何をしたかった？」

「愛理は何も言われていないそうです。薮田に取り上げられた愛理のスマホに翔平との通話履歴が残っていました。翔平に訊きましたがこちらも困った顔をするだけで答えませんでした」

徳田は椅子に背中を押し付けた。「すると用件は？」

「恐喝でしょう。それ以外に考えられない」

「翔平はどうして我々に話さない？」

友永は首を回して天木を見た。黙って聞いていた天木が、ふうっと息を吐いた。

「我々に言えない弱みを握られている」

頷く。それしか考えられない。

「薮田は愛理の拉致には成功したが我々が来たので慌てて逃走した」

「違うかもしれません」と天木。

「どういうことだ」

「脅すだけが目的で拉致するつもりはなかったのかもしれません。そう考えれば合点がいきます」

「夜逃げしようというくらいだ。要求するなら金だろう。相当焦っているに違いない。すぐにでも要求するのではないか」

「何とか身柄を確保できればいいのですが」

「半グレは一般人だ。潜られたら探すのは困難だ」

「愛理と翔平の監視を強化するしかありません」

「それしかないか」

「係長、そのことですが」友永は言った。「気になっていることがあるんです。調べていただけますか」

「なんだ急に?」

「薮田が飲食店を複数経営していた中にホストクラブがありましたね」

「それがどうした?」

「顧客を調べていただけませんか。多額の金を使う、いわゆる太客だけでいいです」

「やってみよう」

徳田は近くの捜査員に指示すると木皿を呼んだ。木皿は旅行から戻った森谷の事情聴取を担当したという。

事件前夜の二月九日。森谷は夜行バスで東京まで行き、翌日、羽田から済州島に向かった。同行者はいない。一人だ。空港からはバスに乗り、ビーチにほど近いリゾートホテルに宿泊した。一泊五千円ほどの安いホテルだった。

「事件のことは?」天木が訊いた。

「知らなかったそうだ。ホテルに日本の新聞はなかったし、そもそも新聞もニュースも見る習慣がない。五城郁子と坂東夫妻が殺されたと言ったときの驚きは尋常なものじゃなかった。あれは演技じゃねえな」

「出発前、森谷は真田と二人で飲みに行っています。事務局の女性職員たちが、二人で行くなんてありえないと証言しましたが？」

「森谷は愛理のことでビッグニュースがあると誘ったんだ。広瀬愛理は自分の同級生の本郷愛理で、中学二年生のときに愛理の兄が人を殺していると」

「森谷はどこからそれを？」

「瑞希だ。それを聞いた真田は半端ないほど驚いていたそうだ。彼女の評判が悪くなるから絶対に口外しないでくれとも頼まれたと」

「森谷は杉沢町にいたのに、愛理の兄が真田とは気づかなかったのですか？」

「よそ者の顔は知らないそうだ。三学年差があるから無理もない。それより森谷は真田に、心配しなくてもいいと答えている。ガセネタだったから大丈夫だと」

「ガセネタとは？」

「瑞希が郁子に話して一笑に付されたそうだ。戸籍を確認している。愛理に兄はいない。他人の空似だといわれ、瑞希は首を捻りながらも引き下がった」

「親が入籍しなかったことが、良いほうに転んだということですね」

徳田が友永を見た。「だとすれば友永、どういうことになる」

「真田に郁子と坂東夫妻を殺す動機はない」

徳田の眉間の皺が深くなった。「だが事件は起きた」

「ええ。他に犯人がいることになります」

「犯人じゃないなら真田が姿を消した理由は？」

天木を見た。天木は首を振っている。

「係長、さっき翔平の会っていた男の身元はわかりましたか？」

「千代田区にある帝国第一法律事務所の代表。ヤメ検出身で刑事事件では有名な弁護士だ」

「刑事事件の弁護士――」

「翔平はいったい何の用件があると思う？」

答えは一つだ。それしか考えられない。

天木がこちらを向いた。その目に確信が浮かんでいた。友永、と呼んだ。

「お前、郁子を殺した犯人がわかったか？」

「坂東だと言いたいのですか」

「それで全てのピースが揃う」

徳田は怪訝な顔だ。「ちょっと待て。郁子を殺したのが坂東だと言いたいのか」

「可能性はありませんか」と天木。

「事件当日の坂東の行動は徹底的に洗った。坂東の愛車、黒のアルファードは事件当日ずっと会社の駐車場に置かれていた。むろん五城邸付近の防犯カメラにも映っていない」

「計画殺人なら証拠を残さないよう考えるはずです。自分の車はもちろん、タクシーも、まして、防犯カメラが設置されている地下鉄などは使えない」

そう言うと、天木は友永を向いた。

「顔が見られずに相手の家にまで行けて、しかも自分が使ったとは思われない移動手段は何がある？」

車しかない。レンタカーなら足がつく。会社の車は論外。一見、自分と無関係で、しかも自由に使える車。そんな車が都合よく――。あっ。冷たい水を頭からかけられたような衝撃を感じた。

「係長、事件当日に五城邸付近を通行した車両の所有者情報を見せてください」

差し出されたリストに目を通す。車種、色、年式、グレードに加え、車両の特徴や登録者名義などが記載された一覧表だ。車種、色を目で追う。

指が止まった。あった。

震える指を所有者名へと横に滑らす。その名前を見つけたとき、ガクガクと歯が鳴り、猛烈な吐き気がこみ上げ、胃の中のものを吐きそうになった。徳田が気づいた。

「どうした友永？」

「栗原浩一とあります。登録住所は泉区鶴ケ丘。白のフィアットの５００。ナンバー６０５。これは坂東の不倫相手・栗原渚の車です」

「愛人の車を使ったのか」

帳場が一気にどよめく。徳田が指図して捜査員たちが動き出した。

「よくやった、友永」徳田は興奮した顔だ。

「坂東は小学生の頃、何度も五城邸に泊まりに行き、五城の父親の書斎から盗みを働いたことがありました。もしかしたら書斎にある金庫の場所も知っていたのかもしれない。気づかなかったのはわたしの失態です」

「ここにいる皆が気づかなかった。最初に気づいたのはお前の手柄だ」

徳田の言葉に、友永は作り笑いを浮かべる。そうじゃない。気づいたのは天木だ。わたしに悟らせるためにわざと誘導した。何のために。天木を向く。

「惚れたの？」

「はあ」天木は夜道で化け物でも見たかのような顔をした。「お前は馬鹿なのか」

「主任には言われたくありません」

「なら答えろ。坂東を殺したのは？」

「答えは、翔平が東京の弁護士に会っていたことにあるのでは？」

ふん、と鼻を鳴らし天木が笑った。

5

昨日から降り続いた雨は、夜半こそ弱まったが、朝になって再び激しく振り始めた。季節外れの低気圧が通過するらしい。大雪にならなくてよかった。愛理と翔平の披露宴は明後日だ。遠方からの参列客も雪で足止めされては困難だろう。

友永と天木が五城邸を訪ねたのは朝の八時十六分だった。身支度を終えた格好で出迎えた翔平は、アポなしというのに困った表情も見せず刑事たちを迎え入れた。二人は玄関脇の応接室に案内された。簡単な挨拶の後、ソファに腰を下ろす。家政婦の国井が入れてくれたコーヒーを一口飲むと、天木がおもむろに切り出した。

「単刀直入に言います。薮田に脅迫されていますね」

虚を突かれた翔平は苦笑いした。

「天木さんもストレートですね」

天木は返事をせずに、じっと見ている。

「申し訳ございません。言えません」

「事実かどうかだけ教えていただけませんか」

うっ、と呻いて翔平は首を振った。「申し訳ございません」

「なるほど。事実というわけですね」

翔平は苦い顔だ。

「言えない理由はなんですか」

翔平は、すうっ、と息を飲み、考えを巡らせている。

「よくわかりました」

「どういうことです。私はまだ何も言っておりませんが？」

「沈黙は雄弁に事実を物語ります。あなたが沈黙したことで、指摘が事実だと私は確信しました。理由は愛理さんですね。そしてそれは決して口外できない秘密だ」

翔平の目が驚愕を表すように見開かれた。

「翔平さん、我々は犯罪者を相手に、日々事情聴取の研鑽を積んでいるプロです。言い訳やごまかしは一切通用しないと考えてください」

「大変申し訳ございませんでした」翔平は立ち上がり、深々と頭を下げた。

「そういうのは結構です。お話しいただけませんか」

翔平はゆっくりと首を振った。固い覚悟が窺える。

「どうあってもお話しいただけませんか」

「墓場まで持って行くと固く誓いました」

「わかりました。でしたら、それは訊きません。私たちは薮田を逮捕したい。恐喝されているなら、そのことだけでも話していただけませんか」

「警察に話せば取引を中止すると言われています」

「薮田はおそらく国外に逃亡するつもりです。金がなければ何もできない。それがわかっているからあなたを脅迫しているのです」

「しかし、万が一秘密を暴露されたら」

翔平は迷っている。ひどく困った顔だ。どうする。どう攻める――。天木が身を乗り出した。

「送別会の日、愛理さんを助けようとして頭を割られたのは私の部下でした」

「えっ……」

「幸い、さほどひどい怪我ではなく、後遺症は出ないと思いますが、実家に挨拶に行ったときお母さんから泣かれました。市民を守るために警察官になった。頭ではわかっているけど病院で昏睡している息子を見て涙が止まらなかったと」

翔平はいたたまれない、そんな顔だ。

「この事件を解決するため、あなた方を守るために多くの捜査員が日夜命がけで働いています。我々は亡くなった方の無念を晴らすために動いている。遺族の気持ちを慮って歯を食いしばっている。その真心はわかってください」

翔平は動かなくなった。ややあって、

「私の心得違いでした。大変申し訳ございませんでした」翔平は深々と頭を下げ、続けた。「薮田に現金で三千万円を要求されました。今日中に払えと言われています。受け渡し方法は直前に指定するそうです」

「愛理さんを呼び出した手口と同じだ」

天木は立ち上がると翔平を向いて、深々と頭を下げた。

「ありがとうございます。これで動けます」

「どうされるのですか」

「現金を受け取りに来るのはおそらく運び屋でしょう。そいつを捕まえても意味はない。薮田は金を受け取ったらおそらくその足で高飛びするはず。運び屋から現金を受け取ったタイミングで捕まえます」

翔平は不安そうな顔で頷いた。

「お願いしたいことがあります」天木はポケットから黒い物体を取り出した。

「GPS発信機。愛理さんが購入したものです。これのおかげで先日は愛理さんの居場所を特定できました」言いながら翔平に渡した。

「これをカバンの中に入れてください。見える位置で構いません」

「見つかるのではありませんか」

「ええ。見つけさせるのです。相手も馬鹿じゃない。そのくらいは察します」

翔平が戸惑っていると、天木はポケットから小さなビニール袋を取り出した。

「本命はこっちです」ＳＤマイクロカードほどのサイズだが厚みがある。

「捜査機関が使っている高性能のＧＰＳ発信機です。これを札束の中に入れてください」

「カバンではないのですか？」

「用心深い奴なら中身だけ入れ替えるでしょう。でも、まさか札束の中にこれが入っているとは思わないはず」

翔平はしっかりと頷いた。「何もかも全てお見通しだったわけですね。浅はかな素人考えにすがっていた自分が恥ずかしい。全てご指示通りに動きます。天木さん、友永さん、どうぞよろしくお願いいたします」

結局、友永が一言も発しないまま目的が達成された。さすが天木だ。でも、なんかムカつく。

五城邸を出て一度帳場に戻った。翔平の協力を取り付けたことを報告すると、徳田は満足そうに頷いた。

「さすがだな天俊。頑なな翔平をよくぞ動かした。なあ、友永」

「まあ、警部補の給料をもらっているのですからあのくらいはやってもらわないと」

「お前は上司を労うという心がないのか」天木の鼻の穴が広がっていた。

翔平から天木に電話があったのは十五時だった。薮田から場所を指定する電話が入ったという。

「十七時に長町駅東口のタクシープールで待つよう言われました。必ず私が来いと。移動は地下鉄を指定。駅に着いたらバイクで来る黒いフルフェイスヘルメットの男に渡せと」

「お金の準備はできましたか？」

「全てピン札で準備しました。番号を控えたし、ＧＰＳ発信機も入れています」

天木は電話を切ると友永を向いた。「なぜ長町だ？」

「わからない。長町から新幹線には乗れない。インターから高速でしょうか」

「空路ならどうだ？」

「飛行場に向かえば捜査車両で取り囲む。袋の鼠です」

「だよなあ」天木は浮かぬ顔だ。

「これだけ手の込んだことをやる奴だ。それで済むとは思えん」

「ならば水路」友永は地図を指さした。

「長町駅から東に向かえば名取川に通じる。バイパスは慢性渋滞。バイクなら追っ手を撒《ま》ける。名取大橋の河川敷に降り、ここから水路を使うのはどうでしょう。仙台空港にも行けるし、対岸の名取インターから高速に乗るかもしれない」

「船は通れるのか？」

「水深はわかりませんが、浅くとも水上バイクなら可能では？」

「ありうるな。狙いはそれかもしれない」

徳田は念を入れて県警ヘリを要請するという。市内には警邏のパトカーを多く投入する。万全の態勢だ。

「これで十分だろう」

徳田はそう言うが、一抹の不安は消えない。茫漠とした不安は、色は濃いが形を彩らない。言葉にできぬ不安を口にしても無駄だ。

6

翔平の執務室に友永刑事がやって来たのは、十五時三十分だった。一人で、しかもジーンズにダンガリーシャツというラフな格好は警察と悟らせない配慮だろう。

藪田を追い詰める準備は着々と進んでいるという。翔平は十六時に一人でここを出る手はずになっている。表立って警護はできないが、代わりに友永が護衛するという。愛理は紙袋を渡した。友永に頼まれた服が入っている。昨日来ていた服だ。クリーニングに出してないから他の服にしてほしいと言ったが、友永はこの服がいいと言う。帽子とサングラスも用意した。

着替えを終えた友永を見て驚く。背格好から雰囲気までそっくりだ。

「びっくりです。私とほとんど変わりませんね」

「身長が同じと聞きました。体型もほぼ同じ。帽子とサングラスをすれば遠目にはわからない。

胸のあたりが少しスースーするけど」

「ご冗談ばっかり」

「少し時間があります。お話ししてもいいですか」

何気なく言った友永だが、愛理と翔平が腰を下ろすと、厳しい目になった。

「郁子さんを殺害したのは坂東です」

「突然何を」言葉が続かない。愛理は唇を噛んでうつむいた。翔平は顔を歪めている。

「あなた方はご存じだったのですね」

顔を上げられない。

「事件のことをお話ししていただけませんか」

友永の目が愛理を捉えて離さない。耐えきれずにうつむき、すぐに顔を上げて翔平を見た。翔平は静かに頷いている。任せるよ。そう言っているように思えた。

「狩野映子はあなたがロケで杉沢町に行ったとき、食堂で声を上げた女性です。あなたが同級生だと気づいた映子は、このことを瑞希さんに話した。一緒にいた藪田もそこで聞いた。わからないのは、瑞希さんが聞いてから事件が起きるまでです。知っていることをお話ししていただけませんか」

頬を涙が流れていく。こみ上げる嗚咽を必死でこらえると、愛理は口を結んだ。

「原因は私なんです」

「それはどういう意味ですか」

「事件前日の木曜日でした。お義母さんから自宅に呼ばれ、坂東と関係を持ったのかと訊かれました」

「郁子さんはどうしてそんなことを訊いたのですか」

「瑞希から言われたそうです。私が自分の同級生で、私には兄がいて、その兄が十五年前に殺人事件を起こした。坂東がその話を聞きつけて、弱みに付け込んで私と寝たと」

「事実ですか？」

愛理は首を振った。「それを口にして坂東から迫られたことは事実です」

「坂東と会ったのですか」

「一月に入ってから携帯に電話があり、サプライズで披露宴の演出をしたいから相談があると言われました。断わると思いがけぬことを言われました。私の兄、猛に関することを映子から聞いたと。目の前が真っ暗になりました。断り切れずに結局行くことになり、呼び出された店で性的関係を迫られました。言うことを聞くなら、このことは忘れてやると」

「どうしたのですか」

「むろん断りました。これが証拠です」

言いながらボイスレコーダーを取り出し、友永の前に置いた。

一瞬迷うような間を置き、手に取った友永は、「聞いても？」念を押した。

翔平がいるので気を遣ったのだろう。愛理は頷いた。友永はゆっくりと顎を引くと、再生ボタンを押した。

「用事があるなら早く言ってください」

苛立ちと不快感が混じった声。かなり険のある口調だ。釣られるように、友永の眉間に皺が寄ったのが見えた。あのときの記憶が蘇ってくる。

坂東から呼び出されたのは定禅寺通りにある高級カラオケ店。店員に案内されて個室に入ると室内は間接照明だけで薄暗く、とても打ち合わせをするような部屋ではない。奥のソファで踏ん反り返る坂東を見て、不快感が極限まで高まった。愛理は立ったまま、そう言い捨てた。こんな場所に長居をするつもりなどない。

「お前の兄貴、人を殺しているんだって」

ニヤニヤと下卑た嗤いを浮かべている。吐き気が出るような顔だ。

「何を根拠に、そんなデマを」

「デマじゃないだろ。去年十二月の桂泉町のロケで、金髪の女が人殺しの妹と叫んでいた。俺も見ていたからよく覚えている。あれがお前の同級生の狩野映子なんだろ」

「知りません」

「とぼけたって駄目さ」

坂東は愛理の手を掴んで強く引いた。愛理は尻もちをつくように腰をおろした。

「何をするのですか」

「女、調子に乗るなよ」

坂東はニヤついた笑みを消して、凄んだ。

「このことを五城翔平に言ってもいいのか」

「どうぞご自由に」

「お前、婚約破棄されるぞ」

「私にどうしろというのですか」

「なあに。難しい話じゃない」

坂東は再びニヤついた顔に戻った。そして手を伸ばし、愛理の膝に手を置いた。嫌悪感が沸き起こるのを必死でこらえた。

「なあ。一発やらせろよ。そしたらこのことは忘れてやる」

愛理は心底軽蔑した目で見た。この男は人間として最低だ。そう、あの萱場康夫と同じ人種だ。

「お断りします」

振りほどいて立ち上がった。坂東は怒りを込めた目で見ている。

「そんなに簡単に断っていいのか。お前、後悔するぞ」

「それはあなたのほうよ」

言いながら愛理はバッグの中に手を入れ、スティック状のものを取り出した。赤いランプが点灯している。坂東の目が泳ぐのが見えた。

「あなたの発言は録音しました。こう見えてもジャーナリストですから、こういうものは必ず持ち歩いているんです」

言いながら愛理はバッグからカメラを取り出し、坂東に向けて構えた。

「店に入る前から動画撮影しています」

「や、やめろ」金切り声を上げた坂東は、顔を隠すように両手を交差させた。

「録画を見せたら、翔平さんは何というかしら」

坂東は顔面が蒼白となり、先ほどまでの傲慢さはすっかり影を潜めている。

「婚約破棄？　構いません。そんなことより、翔平さんは絶対にあなたを許さないわ。彼の人望を知っているでしょう。あなた、仙台《ここ》で生きていけるの」

「な、何もそんな大げさな」

坂東は引き攣《つ》った作り笑いをしている。吐き気が出るほど醜い顔だ。力づくで女をレイプしようとしながら、我が身が危うくなると途端に態度を変える。どこまで卑怯な男だ。愛理は睨んだ。

「これは脅迫です。私は泣き寝入りなどしない。刑事告発します。この録音を警察に持っていけばどうなると思う」

坂東は引き攣った薄ら笑いを浮かべた。まだ余裕のある表情だ。

「あなた、今までも何度もこの手のことをやってきたんでしょ。その度に弁護士を使って揉み消した。いつも弁護士が助けてくれると思ったら大間違いよ。お宅の顧問弁護士はよく知っています。五城の弁護士とどちらが優秀か、法廷で確かめましょうか」

醜い笑い顔が凍った。

坂東は下を向いて動かなくなった。愛理はひときわ強く睨むと部屋を後にした。

友永は停止ボタンを押すと、目をつぶって首を振った。それは猛る心を鎮めているように見えた。

「辛いことをさせて申し訳ありません」言いながら友永は深々と頭を下げた。「ですが、どうしてこのことから郁子さんが殺されるのですか」

友永は心の底から自分を心配してくれている顔だ。この人なら全てを受け入れてくれるのではないか。なぜかそう思えた。

「今まで黙っていて申し訳ございませんでした」

深々と頭を下げると、友永は小さく顎を引いた。愛理は顔を上げると背筋を伸ばした。

「おそらく、お義母さんは私の話を聞いて、坂東を説教しようとして自宅に呼んだのだと思います。それで逆切れして犯行に及んだのではないかと」

「事件当日、坂東は愛人の車を使って五城邸に行っています。指紋が残っていないのはビニール手袋をしていたからでしょう。金庫から現金を持ち出したのは強盗に見せかける偽装工作。逆切れなんかじゃない。最初から明確な殺意があったのは明らかです」

どん、と大きな音がした。翔平が拳をテーブルに振り下ろした音だ。

「許せない。子どもの頃から散々、母に世話になっておきながら。あいつ」

「自己中心的な人間は自分の都合でしか物事を見ません。恩義も愛情もない。程度の差こそあれ、そういう人間は世の中にたくさんいます。甘やかされて育った坂東はその最たるものだったのでしょう。でも、わからない。どうして殺害しようと思考が飛躍したのか」

「怖かったのだと思います」

「怖い？　誰が」

「村社会の中にいる人間は村社会のことしか知りません。自分がそこから出たら生きていけないことは自分が一番よく知っている。商売柄、坂東の中ではそういう気質が色濃く残っていたのでしょう。あいつは自分が村八分になるなど想像したこともなかった。自分のしたことが私と母にばれると知り、それが現実的なものになったとき猛烈な恐怖が沸き起こった。それで短絡的な行動に出たのではありませんか。私には到底理解できませんが、そう考えると納得がいきます」

不可解な顔で口を尖らせた友永だったが、咀嚼するように二度三度頷いた。

「郁子さんが殺された理由はよくわかりました。では、どうして坂東は殺されたのですか」

「それを私たちに訊きますか」

「坂東を殺したのは真田猛。あなたのお兄さんですね」

「ど、どうして――」

「真田のバイク・シルバーのトライアンフが事件当日、二つの現場付近の路上で目撃されています。すでに物証も確保しています。ましてあなた方は刑事事件の弁護士と相談を重ねていた。そこから浮かび上がる事実は一つしかありません。弁解は無用です」

全てばれている。心臓が苦しい。答えられずにうつむく。重苦しい沈黙が流れた。

「お兄さんを匿っていますね？」

友永の言葉はストレートにぐいぐい食い込んで来る。

「答えなくていいです。わかっていますから。わからないのはどうして真田が坂東を殺したのかということ。復讐じゃないのでしょう」

顔を上げて友永を見た。友永は責めているのではない。深く、息を吐いた。

「事件当日。兄から電話があったのは二十時過ぎ、五城と二人で食事をしていたときでした」

あの日のことがまざまざと脳裏に浮かんできた。電話に出ると、兄は突然、今すぐ会えないかと訊いた。声に切迫した響きがある。ただ事ではない。今、翔平と会っている。よかったら一緒に食事をしないか。そう言うと兄は困った声で、だったらいいと言った。おかしい。そう思いながらも、二十一時には帰ると伝え、自分の部屋で待つよう言った。電話を切った後も胸騒ぎが止まらなかった。

食事は、兄のことが気になってうわの空だった。異変を察したのだろう。翔平はときおり怪訝な表情を見せたが、どうした、と訊いては来なかった。ホテルを出て部屋に帰ると、兄はリビングのソファに一人座っていた。血の気がなく、呆然とした顔だった。

「お兄ちゃん、どうしたの?」

「何でもない。愛理の顔が見たくなっただけだ」

「嘘」愛理は睨んだ。「何があったの?」

「うん……」

兄は言い淀んだ。おかしい。愛理は隣に座ると、兄の両肩に手をかけた。

「お兄ちゃん、何かあるなら言って」

「愛理……」兄はそういうと抱きついてきた。ブルブルと震えている。愛理は兄の体をきつく抱きしめた。

「大丈夫だよ、お兄ちゃん。今度は私が助ける。だから正直に話して」

「あ、ああ……」

兄は体を離した。蒼白な表情、顔色は土色になっている。

「人を殺してしまった」

「えっ」頭の中が白くなった。「ど、ど、どういうこと……」

「夕方、郁子さんの家に忘れ物を届けに行った。一度帰ったんだけど、どうしても気になって途中で戻った。そしたら、リビングで郁子さんが殺されていた」

ひっ、と声を上げげた。息ができない。両手で口を覆う。

「すぐに警察に電話しようとしたけど、はたと気づいた。俺は殺人の前科持ちだ。第一発見者といっても警察が信じるかどうかわからない。おそらく信じてもらえないだろう。いや、そんなことよりも、犯人があいつだとわかったからだ」

「あいつって?」

「坂東だ」

「ああ……」愛理は絶叫しそうになった。私だ。私のせいだ。足元から奈落の底に落ちていく錯覚を覚えた。

「まさか。あたしのことで責められて、坂東がお母さんを殺したというの」

「それしか考えられない。郁子さんは坂東を家に呼んだと言っていた」

気が遠くなりそうだった。「それでどうしたの?」

「考えるより先に坂東の家に向かっていた。チャイムを押したが返事がない。庭から覗くと坂東はリビングで呆然としていた。お前が殺したのか、と訊いたら坂東は黙っていた。自主しろと言ったら、わかった、というから俺は帰るつもりだった」

「だったらどうして……」

「妻に言うから待ってくれと言って坂東は奥に入って行った。そしたら、すぐに戻って来て、妻の様子がおかしいからちょっと来てくれと言われて。半狂乱になって大変だというんだ。俺は自殺しようとしているのかと思って」

「どうしたの？」

「連れて行かれたのは二階のベッドルームだった。恐る恐る部屋に入って声をかけたが返事がない。中に入って驚いた。瑞希さんは殺されていた」

ひっ、と声を上げ、愛理は口を押えた。

「驚いて振り向いたら、坂東の奴、包丁を握っていて、まっすぐに突っ込んできた。俺は包丁を取り上げようとして、揉み合いになって、二人して転んだ。坂東が上に覆いかぶさって来たから、身をよじって必死に跳ね起きた。そこから記憶がない。気がついたとき、坂東は胸に包丁が刺さったまま痙攣していた」

「そんな……」

「披露宴はもうすぐだ。今捕まるわけにはいかない。そう思って部屋を出た」

「お兄ちゃん、警察に行こう。事情を話せばきっとわかってくれる。弁護士だって、刑事事件に明るい優秀な人を探すから。ねっ――」

「無理だよ」兄は首を振った。「俺は人を殺した前科がある。正当防衛で二人も殺すなんてできすぎている。それに、坂東とは何度も言い争いしている。最初から殺意があった。そう判断されたら死刑だってあり得る」

「そんなことない。絶対にない。お兄ちゃんはそんな人じゃない」

「愛理、ありがたいけど無理だ。世間の人はそう見てはくれない」

「じゃあどうするの？」

「お前の結婚式までもうすぐだ。今俺が捕まったら、全部ぶち壊しになる。だから、お前たちの式が終わるまでは捕まりたくない。お前の花嫁姿を見たかったけど、逃げ回って、見られないかもしれない。だからお別れに来た」

「そんな……」

「いいか。このことはお前に何の関係もない。俺たちは兄妹だが世間的には他人だ。何かあっても知らないで押し通せ。いいな」

「お兄ちゃん……」

「今までありがとう、愛理。俺、お前の兄貴になれて本当に嬉しかった」

言葉が何も出ない。嗚咽が止まらない。

「これからは他人だ。俺のことはもう忘れてくれ」

手の甲で鼻水を拭うと愛理は兄の腕を両手で掴んだ。

「そんなことできるわけがないじゃない。お兄ちゃんは私のお兄ちゃんだ」

「だめだ。翔平さんにまで迷惑をかける」

「だったら結婚はやめる。お兄ちゃんが帰って来るまでずっと待っている。ねっ、二人で暮らそう。どこか田舎に行って、お兄ちゃんが好きな犬でも飼って、昔みたいに一緒に暮らそう」

「いいなあ。できたら楽しいだろうなあ」兄は遠い目をしながら楽しそうに笑った。

「ねっ、そうしよう」愛理は兄の肩を揺すった。

「ダメだよ」兄は愛理の手を取り、そっと外した。

「もう子どもじゃない。兄妹は他人の始まりって言うだろ。お前にはお前の人生がある。お前は翔平さんという素晴らしい人と巡り合えた。あの人は本当に素晴らしい人だ。兄として本当に嬉しいよ。だから愛理、幸せになれよ」

「お兄ちゃん……」

嗚咽がこみ上げる。兄の人生をめちゃくちゃにしたのは私だ。私に生きる価値などない。手の甲で目を拭ったが涙が止まらない。兄が立ち上がった。

「どこに行く気?」

「府中に行くために休暇を取っていたのがちょうどよかった」

「今日はもう遅いじゃない。泊まっていって」

「でも……」

「すぐにいなくなれば警察が怪しむわ。行くなら少ししてからのほうがいい」

「それはそうだけど……」

「ねっ、お願い――」愛理は兄の手を揺らした。

兄は立ったまま考えていたが、やがて寂しそうに笑った。

「わかった。そうするよ」

翔平が部屋にやって来たのは日付が変わった後だった。

いつもは冷静沈着な翔平が顔色をなくしている。兄は手をついて頭を下げると、一部始終を話した。翔平は一言も言葉を発さずに聞いていたが、聞き終えると肺腑《はいふ》の底から絞り出したような深い息を吐いた。翔平は愛理を向いた。

「どうする?」

「どんな手を使ってもお兄ちゃんを助ける」

「愛理、本当にいいんだ。式が終わったら俺は自首する。二人は俺とは無関係だ。そう証言してくれ」

「もう言わないで」

愛理は翔平を向いて両手を床につき頭を下げた。

「無理は承知です。お願いします。どうか兄を助けてください」

翔平は息を吐くと、ゆっくりと首を振った。

「何を言っているんだ。君のお兄さんなら僕にとっても兄だ。そんな他人行儀なことは止めてくれ」

涙腺がゆるむ。涙が止まらない。

「翔平さん、本当にいいんだ」

翔平は兄に向って、深々と頭を下げた。

「十五年前のことは愛理から聞いていました。今の愛理があるのはすべてお兄さんのお陰です。どうか私にも恩返しをさせてください」

「翔平さん……」

兄の目から涙が溢れた。翔平は頷くと、一転して厳しい顔になった。

「お兄さん、事実を明らかにして自分に非がないことを証明してください。そして裁判を受けて、正々堂々と帰って来てください」

「しかし、俺は――」

「理屈を考えるのはプロに任せましょう。うちの顧問弁護士は優秀だが刑事事件となると心もとない。誰か最適な人を探します」

翔平は頭を下げた。「お願いします。お兄さん、私を信じてください」

兄は困った顔で愛理を見た。

「お兄ちゃん、翔平さんの言う通りにして」

やがて兄は脱力したような顔で頷いた。

意識が現実に引き戻された。友永は沈痛な顔だ。「それで？」

「顧問弁護士の大石先生の紹介で刑事裁判に精通する弁護士が見つかりました。大石先生に言わせれば日本一との折り紙つきでした。東京から通ってもらって兄を救うための手立てを考えました。すぐに出頭すれば大騒ぎになって披露宴どころじゃなくなる。兄が頑としてそう言い張り、披露宴の当日、兄は弁護士に付き添われて警察に出頭する手はずになっています。だから捜査が進展するかもしれないことは積極的に話しませんでした。わがままで自分勝手な都合です。本当に申し訳ございませんでした」

愛理と翔平は深々と頭を下げた。友永はどこか腑に落ちない。そんな表情だ。

「言いたいことはわかりました。肉親だから庇いたいという気持ちはわかります。でも、度が過ぎていませんか。仲がいいという程度じゃない。あなた方兄妹には、他にも何か秘密があるのですか」

きょろきょろと目ばかりが動く。警察というのはどうしてこんなに凄いのか。

「図星のようですね」友永は翔平を向いた。

「薮田から脅され、あなたが何としても守りたかった秘密とはそのことですか」

翔平の身体から脱力したように力が抜けていく。なぜ？　愛理は翔平の手を揺すった。

「薮田君が知っているってこと？」

答える代わりに翔平は苦笑いをした。力なく笑うその顔が事実を確信させる。どうして薮田が

――。

友永は時計を見た。まもなく十六時になる。

「行きましょう」友永は立ち上がった。

7

五城ホテルを出ると、地下鉄へと続く階段を降り始めた。ミニスカートなんて何年ぶりだろう。これほど歩きづらいとは思わなかった。これでは蹴りもできない。まして走ることなど。いや。いざとなればヒールは脱げばいい。スカートは壊したほうが早いか。気づくと、すれ違う男たちが皆見ている。ほんと、人は見てくれだけで判断する。普段のパンツスーツ姿のときは誰も一顧だにしないくせに。まあ、目が合えば睨みつけるせいかもしれないな。翔平は少し先で怪訝そうな顔で見ている。

「申し訳ない。スカートは穿きなれないもので」

うまい答えが浮かばなかったのだろう。翔平は曖昧な顔で頷いた。

仙台駅から地下鉄南北線・富沢駅行きに乗る。愛宕駅に着こうかというとき、翔平のスマホが鳴った。メールだ。先頭車両に行けという。言われるまま移動する。愛宕駅を電車が出発した。電車が河原町駅に到着する寸前、またもやメール。ここで降りろという。

長町駅はフェイク。だから電車を指定したのだ。帳場に連絡する暇はない。それに、どこかで見ているかもしれない。捜査員たちが一斉に降りたら気づかれる。仕方がない。自分一人で動くしかない。友永は五城に頷いて見せると電車を降りた。乗客たちが階段へと向かい、ホームに五城と友永が取り残された。またメールが来た。北出口から地上に出ろという。天木にメールで知らせると、友永はゆっくりと歩いた。長町駅東口からここまでは急いでも五分はかかる。

階段を上り切ると、出口に隣接する市営駐輪場の前に男が四人いた。藪田だ。杉沢町で会ったノブ。ヒロ。マサもいる。友永は五城の背中に隠れた。路上に駐車してあるのは白のハイエース。おそらく奴らの車だろう。逃がさぬためには瞬時に叩きのめさなければ。雑魚はどうでもいい。藪田だけは捕まえる。

翔平と友永が近づくと、三人が藪田をガードするように立ちはだかった。

「金を渡せ」藪田が言った。

「直接渡します」翔平が答えた。

「渡すことに変わりはない」藪田が怒号を発した。翔平は動じない。

「欲しければ、あなたが自分で受け取りなさい」

静かだが重みのある声だ。人の上に立つ人間の威厳を感じる。気圧されたように唖然とした藪田だが、すぐに顔を歪めた。

「女の前だからと格好つけやがる」

薮田が前に出た。翔平がカバンを差し出し、薮田が受け取ろうと手を伸ばした。その瞬間、友永は薮田の手首を掴んだ。

「何の真似だ、本郷」

薮田は手を引っ込めようとしたが、ぴくりとも動かない。

「まるで万力じゃねえか。お前、いったいどうした?」

まじまじと顔を覗き込んだ薮田は驚愕に目を見開いた。

「狂犬か……」

「野郎、放せ」言いながら薮田は前蹴りを放った。友永は蹴らせてやった。腹に吸い込まれる。痛いが、我慢できないほどじゃない。パンツを見られるよりはましだ。構わずに踏み込み、肘打ちを人中に叩き込む。間合いゼロの距離から放つ衝撃の一撃。前歯が数本へし折れた。腰砕けになった薮田の左膝にローキックをぶち込む。地べたに崩れた。

空を見た。ヘリがこちらを見つけ低空飛行している。友永は雑魚どもに言った。

「ヘリが上空から監視している。宮城県警の総力を挙げている。逃げられはしない」

そのタイミングでパトカーが次々に到着した。警察官は一気に二十人近くに膨れ上がった。三人は腰が抜けたようにへたり込んだ。

友永は青葉中央署に連行すると薮田の取り調べを担当させるよう徳田に直訴した。天木が補佐官だ。応急手当を受けた藪田が入って来た、顔が倍くらいに腫れている。足はびっこを引いていた。藪田は友永の姿を見つけると忌々しそうに鼻に皺を寄せた。

「女みてえな格好しやがって。狂犬が」

「減らず口をきけるとは大したもんだ。もっと痛めつければよかったな」

「ほざいてろ。ボケが。言っとくが何もしゃべらねえぞ」

「おいおい勘違いをするな。わたしはお前のために来たんだ」

藪田は答えずにそっぽを向いている。

「捜一の野口班長を知っているか？　組対にいた野口さんだ」

藪田の顔に、サッと影が差した。知っているらしい。

「お前が手下に襲わせた警官は野口班長の部下だ。思ったより重傷でな。野口班長、ひどく怒っている。取り調べは相当きついぞ。警官を狙ったやつは絶対に許さない。組織全体で仇を取るのが決まりだ。しかも、お前はわたしまで狙った。宮城県警のマドンナと言われるこのわたしをだ。お前は宮城県警すべての警察官を敵に回したといっていい。起訴はされない。ずっと取り調べられる。殺してくれと言いたくなるような取り調べだ。医者にも診せてもらえない。お前はここから生きては出られない」

「冗談だろ」藪田は焦った作り笑いを浮かべた。

そのとき、取り調べ室のドアが開き、顔を出したのは野口だ。凄まじい目つきで睨んでいる。

藪田は唖然とした。

「友永、時間の無駄だ。こんな餓鬼、やっちまったほうが早い」

「わかっています。もう少しだけお願いします」

友永が立ち上がり頭を下げると、野口は顔を歪めながら扉を閉めた。

「というわけだ。言いたくないなら言わなくていい。選手交代するだけだからな」

友永は横を向いて足を投げ出した。

「時間になったら切り上げる。鼻毛でも抜いていろ」

「わかった」藪田は青ざめている。「何を話せばいい」

引っかかった。ゆっくりと振り返った友永は、人差し指で頬を掻いた。

「とりあえずはそうだな。お前、何をネタに翔平を脅した？」

「人殺し」

「うん？　誰が」

「愛理だよ」

8

取調室を出ると、徳田に報告をした。徳田も天木も渋い顔だ。聞き終えた徳田は、

「土壇場で予想外の展開だな」

と言って、唸った。

「ですが、これで全てが繋がりました。今回の事件の起きた発端。そして十五年前のことまでも」

「今回の事件はともかく、十五年前の事件を蒸し返すのはできんぞ」

「罪に問う気はありません。ですが、現実を知らねば愛理は前に進めない。辛くとも苦しくとも自分に降りかかった災禍《さいか》は自分で取り除くしかない」

「重すぎる過去だな」徳田が声に出してため息をついた。

「狩野映子の行方は掴めましたか?」

「ニイチの意識が戻った。人が変わったように穏やかになったよ。問われるまま素直に答えた。薮田の指示で始末したらしい。仙臺亭の裏は山林が広がっている。さほど遠くないところに埋められていた。ひどく凌辱された痕跡があった」

「あいつ」拳を握る。ごきごきと骨が鳴る。「股間を踏みつぶしてやればよかった」

「それが警察官の言う言葉か」天木が言った。「まあ、気持ちはわかる」

「おそらく映子は薮田の逃亡に自分も連れて行ってもらえると思っていた。だが薮田はそうじゃない。単に利用しただけだ」

徳田は傍らから紙を取り出し、差し出した。

「薮田の経営するホストクラブの太客名簿だ」

受け取った友永は、すぐにその名前を見つけ、大きく息を吐いた。「見つけました」言いながらリストを徳田に向けて指をさす。

「なぜ薮田が愛理と翔平のメールアドレスを知っていたのか、常に愛理の行動を把握できたのか、これで全て繋がります」

天木が息を吐いた。「まさか、こんなことだとはなあ」

「一連の絵を描いたのは、薮田ではなく、この女かもしれません」

徳田と天木が顔を見合わせた。

「無策でぶつかれば、言い逃《のが》れるだけでしょう。時間の無駄です」

「引っ張るか?」

「どうする?」

「愛理に確認させます」

「それはさすがに酷じゃないか」天木が首を振った。

「わかっています。ですが、愛理は過去の妄執《もうしゅう》に囚われています。このままじゃ一生抜けられない。これは彼女にとっても過去を断ち切るチャンスなんです」

友永の剣幕に上司たちは無言で顎を引いた。

9

　三月三日。披露宴の当日になった。愛理が五城ホテルの一階ラウンジに着いたのは十時になる十五分ほど前だ。雨は晴れたが気温は上がらない。風が吹くと嫌だな。ぼんやりと考えているうちに、白いコートの女性が現れた。ファーの帽子を被り、大きめのサングラスをしている。芸能人でなくても、あの格好なら目立つだろう。愛理が片手を振りながらにっこりとほほ笑むと、田中綾香が歩いて来た。

「お久しぶり」言いながら綾香はコートを脱いだ。落ち着いたグレーのワンピース。チェック柄だ。帽子を取った綾香だが、サングラスは外さない。

「当日でしょ。準備は大丈夫？」

「はい。式場入りが十四時ですから、まだ余裕です」

「そう。それならいいけど、急に会いたいだなんて何かあったの？」

「ごめんなさい。お呼び立てしてしまって」愛理は頭を下げた。「新婚旅行のお土産にジュエリーを考えているのですが、ピアスとネックレスどちらがいいか、お聞きしたくて」

　綾香は少し笑った。「何でもいいわよ。お土産なんて気持ちだから」

「綾香さん素敵だからブランド品しか似合わなそう」

「そんなことないけど、イルカやウミガメのデザインはやめてね」

「ありそうですよね」視線を落とす。ため息が漏れるのを必死でこらえる。

「ねえ、愛理ちゃん。相談したいことってそれだけ？」

「それがね、綾香さん」愛理は作り笑いをした。「私にしつこく送られてきた迷惑メールの犯人がわかったんです」

「えっ。誰だったの？」

「映子という中学時代の元同級生です」

「そうだったの」綾香は大きく息を吐いた。

「でも、わかってよかったじゃない。一件落着したんでしょう」

「それがそうでもないんです」

「どういうこと？」

「事件の後、ヤクザな人たちに攫《さら》われそうになりました。警察が捜査してくれて犯人がわかったんですけど、黒幕は薮田君という元同級生でした」

「そう」綾香は動揺を見せた。手を伸ばしてコーヒーカップを取ったが、かたかたと音が止まらなかった。

「そう言えば綾香さん、伊藤さんから聞きましたよ。今月末で退職するそうですね。おめでとうございますと言って、いいのですか」

「そんなんじゃないの。退職して、しばらくは外国旅行でもするつもり。飽きたら日本に戻って新しい仕事を探そうかなと思って」

「いいなあ。楽しそうですね」

「あなたは玉の輿に乗ったでしょ。シンデレラが言えば嫌味にしか聞こえないわよ」

「ごめんなさい。そんなつもりはないんです」

「冗談よ。気にしないで」

「薮田君、外国に行くみたいです。同級生の映子と一緒に」

「へえ」綾香は鼻で笑った。

「そうそう。暴漢の話です。薔薇の花束を持っていたから暴漢は私だと断定した。どうしてだろ。ずっと考えていたんですけど、友永刑事からテレビ局の内部に協力者がいると言われました」

綾香の右手が、再び激しく震え始めた。

「私と翔平のアドレスを知っている人物なんているだろうか。私はそう答えましたが、そしたら、変なことを言われたんです」

「なに？」

「ストリームという国分町のホストクラブの顧客を調べているんですって」

綾香があんぐりと口を開けた。その顔はすぐに激しく狼狽していく。

「友永刑事は売掛が多い顧客を調べたそうです。返さなければ返済を迫られる。中には、売春させられる人もいるみたいです」

「へえ。そうなの」綾香はそっぽを向いた。

「瑞希さんは、薮田に言われて金持ちとか有名人を次々と店に連れて来ていた。心に隙間のある寂しい人ほどはまるそうです」

「へえ」

「貯金を全部つぎ込んで、それがなくなると後は借金地獄。返済代わりに交換条件を持ち掛けると、売春だけじゃなく横領でも情報漏洩でも何でもやるそうです」

綾香は顎を引いて睨んだ。ぎょろぎょろと目ばかりが動いている。

「だから何？　何を言いたいわけ」

「私のことを薮田に漏らしたのは借金のためですか」

おほほほ、と甲高い声を上げ、綾香は嘲笑を見せた。

「違うわ。あんたが憎かったからよ」

「どうして私が憎いのですか？」

「世の中の女は、あんたみたいな女は敵だと思っているわ。男という男みんなからちやほやされて。あんたなんて死ねばいい。そう考えるのは私だけじゃない。昔からそうだったでしょ」

「そんなこと――」

「おめでたいわね。あんたみたいな女には誰が敵で、誰が味方かもわからないでしょ。教えてあげる。薮田さんが言っていたわ。十五年前の事件も偶然じゃないって」

「どういうことですか」

「あんたを狙っていた変態親父。どうしてあんた一人でいるのを知っていたと思う？」

あの日のことが脳裏に蘇る。そうだ。そのことがずっと引っかかっていた。

「あんたが一人で家にいることを教えた人がいるのよ」

頭から冷や水をかけられたような衝撃を感じる。私の人生を奈落に突き落としたあの事件。自分の知らない事実があるのか。

「誰ですか」

「狩野映子」

「まさか……。綾香さんがどうしてそんなことを知っているのですか？」

「薮田さんがそう言っていた。その変態親父はどうしてもあなたとやりたくて、薮田さんに手配するよう持ち掛けた。薮田さんは映子を使って、あなたが一人で家にいる日を突き止めた。薮田さん、変態があなたを襲っているとき、外で見張っていたらしいの」

綾香は含み笑いした。

「あなた、被害者面しているけど本当は違うでしょ」

「何がですか？」

「白々しいわね。人殺しのくせに」

ようやくわかった。メールを送ったのは綾香だ。人殺しというのは今回のことじゃない。十五年前の事件のことだった。信じられぬ思いで綾香の顔を凝視した。今まで親身になってくれた綾香の言葉は全て虚構と悪意に満ちたものだった。底なしの泥沼に沈んでいく錯覚を覚える。息を吐いた。重く苦しい息だ。あの日のことが色彩を帯びて蘇ってくる。

十五年前の八月一日だった。

ビールを飲んでいた萱場はウイスキーを飲みたいと言い出し、母が買いに出た。すると萱場はすぐに襲ってきた。左手で愛理の後ろ髪をつかみ、逆らったら親を首にするぞと脅した。そしてゲラゲラと笑いながら、痛いくらいに胸をまさぐられた。引き離そうとしたが、力が強く、びくともしない。

「ほら、チューしてやるよ」

上に乗った萱場が顔を近づけてきた。愛理は必死にもがいたが、突然、体が軽くなった。ビール瓶を握って立つ母の姿があった。「中学生に手を出すなんて。あんたはケダモノよ」

鬼のような形相だった。

「ババア、ふざけやがって！」

萱場は母のお腹を思いっきり蹴り上げた。お腹を押さえた母を萱場は思い切り平手打ちした。母は吹き飛ぶように倒れこみ、後頭部を座卓の角に打ち付けた。母は白目を向いて痙攣していた。

「た、大変。すぐに救急車を呼ばなきゃ」

電話に手をかけた愛理の手を萱場が上から掴んだ。

「このくらいで死にやしねえよ。ほおっておきゃ、そのうち目を覚ますだろ」

「信じられない」頭の中が真っ白になった。ガチガチと歯が鳴る。こんな男にかまっていられない。愛理はまた受話器を取ったが、萱場は無理やり電話機を取り上げた。

「心配しなくても後で病院に連れて行ってやるよ。行く前にちょっとだけいいことしようぜ」

萱場は左手で愛理の肩をつかんだ。右手で股間をまさぐっている。ジーンズの上からでもはっきりと感じる、身の毛もよだつ感覚。声が出せない。

萱場は不気味な顔で笑った。目に残忍な光が宿っている。愛理は確信した。この男は母を病院に連れて行く気などない。それどころか、私も一緒に殺す気だ。

「ねえ」愛理は声を出した。

「ほんとにお金をくれるの」

「えっ、ああ……。なんだ、おめえ、やっとその気になったのか」萱場は手を離した。「やるよ。普通は一万円が相場だが、おめえは若いし、処女なんだろ。奮発して二万円やるよ」下卑た顔で言った。

愛理が黙っていると、「そうと決まればさっさと脱げ。時間がねえぞ」萱場は言いながらベルトを外した。肥満した腹を引っ込めながらタックを外そうとして手間取っている。今だ、と思った。

ジーンズのポケットからナイフを取り出した。折り畳み式のナイフだ。刃を引き出すと、不意に兄の言葉が蘇った。

『ナイフは両手で持って、わき腹のところに置け。刺すんじゃない。脇に固定して、体ごと体当たりをするんだ』

萱場はズボンとパンツを半分まで下ろしている。かがんだ態勢だ。愛理はそのまま突進した。ぶつかったとき、刺した感覚はほとんど手に残らず、萱場の肥満した体にぶつかった衝撃だけが肩に残った。一緒に倒れこんだ愛理はすぐに起き上がったが、萱場はそのまま動かない。恐る恐る萱場の顔を覗き込んだ。萱場は口から血を吐き白目をむいている。左胸にはナイフが根元まで突き刺さっていた。

震える指でボタンを押し、兄に電話をかけた。兄はすぐに出たが、嗚咽ばかりが口に出て、言葉にならなかった。愛理はやっとの思いで、「萱場が」と言った。兄はそれで察したのだろう。わかったといって電話を切った。

兄が帰宅したのは、それから二十分ほど経過した頃だ。

土砂降りの中、自転車で帰ってきた兄は合羽を着たまま家に入って来た。そして室内の惨状を見て息を飲んだ。

兄が近寄ってきた。愛理は何も言葉が出なかった。兄は無言で愛理の背をやさしく叩いた。堰を切ったように涙が溢れてきた。お兄ちゃん、と叫んで兄にしがみついて、しばらく泣いた。泣き止むと、愛理は何が起きたのかを兄に語った。話が前後して取り留めがないにも関わらず、兄は辛抱強く聞いてくれた。

「お母さんは？」

「もうダメだ」兄は首を振った。

「萱場はどうなったの？」

「心臓にナイフが刺さっている。死んでいる」

「どうしよう。お兄ちゃん、私、人を殺してしまった――」

「愛理が悪いんじゃない。それに、そうしなければ二人とも殺されていた。正当防衛だ」

「でも、人殺しでしょ。刑務所に入れられて死刑になるでしょ」

「正当防衛なんだ。執行猶予がつくかもしれない」

「でも、人殺しには違いがないでしょ。私は人殺しなんだ」

兄は愛理の両肩を掴んだ。痛々しそうに顔を歪めている。

「いいか愛理、よく聞け。お前は人殺しなんかじゃない。お前は誰も殺していない」

「だって……」萱場は白目を剥いている。すぐに顔を背けた。

「殺したのは俺だ」

「えっ……」

「お前から電話をもらって、急いで帰ったらお母さんが殴られ、お前も襲われていた。俺は夢中でポケットからナイフを取り出し萱場を刺した。いいか。刺したのは俺なんだ」

「そんなことをしたら、お兄ちゃんが捕まる」

「お前が捕まるよりいい」

「そんなの嫌だ」

兄は優しく笑った。「いいか、愛理。お前のことは俺が守ってやる。兄貴だから当たり前のことだ」

「でも、お兄ちゃんが刑務所に入れられる」

「ちょっとの辛抱だ。俺たちは兄妹だ。お前が不幸になるのを、俺は黙って見ているわけにはいかない」

「お兄ちゃん……」

「いいか愛理。警察が来たら勝負だ。うまくやるんだぞ」

兄は愛理の体を固く抱きしめ、やがて突き放すように離した。

兄は警察に電話をすると、萱場の胸に突き刺さっていたナイフの柄をハンカチで丁寧に拭き、しっかりと両手で握った。警察はすぐにやってきた。兄は連行され、愛理は兄に言われたとおりのことを語った。あの日抱えた罪悪感はべっとりとした黒い重油のように、愛理の心に染み込んでいった。

意識が現実に引き戻された。綾香は勝ち誇ったような顔で見ている。傲慢で、他人の機微など意にも介さない、吐き気の出る顔だ。立ち上がりたいが、そうはいかない。

「今回の事件はたまたま私を見かけたことで、映子が気づいた。そのことで薮田がお金をだまし取ることを考えた。あなたは借金と引き換えに私の情報を流しただけでしょ」

「ほんと、わかってないわね」綾香は首を振った。

「どうして杉沢町をロケ地に選んだと思う？　当日、急にあの店を選んだのが偶然だとでも思った？」

「まさか――」

「従業員でもない狩野映子がわざわざ店で騒いだのよ。どうして気づかないのかしら」

「そんな――」

「薮田に持ち掛けたのは私。瑞希は坂東から慰謝料を受け取れる。薮田は五城を一生の金づるにできる。私はあなたを潰せばそれで満足。あんな事件になっちゃって。途中で予定変更しちゃったけど、映子も消えたし、薮田と一緒に南の島に行けるなら結果オーライだったみたいね」

綾香が腰を上げた。

「もう二度と会うこともないわね。その間抜け面を見なくてすむかと思うと済々するわ」

言い捨てた綾香は背中を向けると、その場で固まった。テーブルの客全員がこちらを見ている。

立ち上がったのは友永刑事だ。

「愛理さん、ご協力ありがとうございました。今の会話は動画撮影しています。田中綾香に薮田の共犯、いや主犯の可能性がある動かぬ証拠です」

綾香は、ぱくぱくと口を開けたが言葉にならなかった。捜査員たちが前後左右を挟み、引きずられるように綾香は連行されて行った。友永が目の前に立った。

「お疲れ様。辛いことさせたけど大丈夫?」

「大丈夫です。おかげで全て吹っ切れました。こちらこそありがとうございます」愛理は立ち上がった。友永はじっと見ている。

「結婚は人生の区切り。過去との決別。そして新たな人生の出発。断ち切るだけじゃない。全てを抱えて、そして感謝の心を持ち続けて歩いて行きなさい」

身体が震える。「ありがとうございます」

「じゃあ行きましょう」

第八章　扉の前のシンデレラ

1

友永と天木が愛理を連れて翔平の執務室に入ると、ソファに座っていた翔平と、隣の男が立ち上がり、深々と頭を下げた。

「この度は本当にありがとうございました」

二人は腰を折ったまま動かない。愛理が翔平の隣に立ち、倣った。

「お気持ちはよくわかりました。顔を上げてください」

天木が言うと、三人は頭を上げた。

男が一歩前に出て、「真田です。お手数をおかけいたしました」真田は顔を歪めると、再び頭を下げた。

「今までどちらに?」

宿泊客の名簿は毎日確認している。真田がいたのは翔平の執務室の隣の部屋だった。翔平はその部屋に、郁子の愛猫トラを連れて来ていた。同じ部屋に真田がいたのだ。愛理と翔平はトラと、トラさんと使い分けることで呼び分けていた。

「まったく気づきませんでした」友永は首を振った。

事件の後、何度もこの部屋を訪れている。隣に真田がいたとは想像すらしなかった。

真田が焦ったような顔で訴えた。

「披露宴の準備が始まります。二人の門出の穢れになります。人目に触れる前に、連行をお願いします」

天木はしっかりと頷くと、真田に微笑み、友永を向いた。

「真田が出頭するのは何時の予定だ？」

えっ。困惑する。友永だけじゃない。真田も愛理も翔平も同じだ。友永は気づいた。

「披露宴が終わった後だから十九時くらいじゃないですか」

天木が時計を見た。「まだ時間があるな。ここの見張りは俺とお前だけで十分だ。他の捜査員たちには解散命令を出す。お前は係長を説得しろ。真田を見つけるまでは死んでも帰りません。そう言うんだぞ」

「合点承知」

「古いね、お前も」天木は唖然としている三人を見た。

「そういうことで、我々は披露宴が終わるまで監視させていただきます。ご迷惑をおかけしますがご了承ください」

「ご迷惑などと、とんでもない」翔平が言った。「ご配慮くださり、本当にありがとうございます」

真田は涙で顔がくしゃくしゃになっている。嗚咽を漏らし、言葉が出ないようだ。天木は真田の両手を取った。

「あなたは親代わり。妹さんの晴れの舞台をしっかりと見届けてください」

天木の手を握ったまま、真田が泣き声を上げた。照れた天木がこちらを向いた。

「時間がある。飯でも食いに行くか」

「何です。その雑な誘い方は。レディを誘うのにもっと言い方があるでしょ」

「食べないなら一人で行く」

「誰が食べないと言いました。特大のステーキに大盛のガーリックライスが食べたい。言いだした主任のおごりですよ」

「立ち食いそばにするか」

笑っていた翔平が我に返った。「監視するなら披露宴にも出ていただかねばなりません。わらじサイズの仙台牛。特別メニューを準備します。ぜひご出席してください」

「そんなつもりで言ったのではないのですが、催促したようですみません」と友永。

愛理がとびきりの笑顔で笑っていた。

2

ヘアメイクが終わり、着付けのスタッフはトイレへと立つよう促した。和装がないからまだましなものの、ウエディングドレスを着れば、そうそうトイレにも行けない。用を足すと鏡に映った顔を見た。

怖いくらいに白い。厚化粧はまるで白い仮面をつけているようだ。強張っている表情は緊張している無垢な花嫁と見えないこともない。控え室に戻り、愛理は腰を下ろした。

一か月前のあの衝撃的な出来事の後、何とか無事に今日の日を迎えることができた。振り返れば途方もない日々だった。衝撃と憎悪、そして不安と焦燥。思い出すだけで気が狂いそうになる。こんな穏やかな気持ちで今日を迎えられるとは思わなかった。天木と友永。あの刑事たちにはいくら感謝しても感謝しきれない。

スタッフたちは手慣れた手つきでウエディングドレスを着せていく。愛理はされるがままに身を任せた。

着付けが終わり、愛理は立ち上がった。ベールを被りブーケを持って鏡の前に立った。

すごく素敵です。スタッフたちは口を揃えて言った。

ありがとうございます。愛理は振り返ると、式場のスタッフ一人一人に頭を下げた。スタッフたちの言葉が世辞でないことは顔を見ればわかる。今日の私はすごくきれいだ。

この日を迎えるなど夢にも思わなかった。

結婚したくないと言えば嘘になる。むしろ早く結婚したかった。相手は背が高くて優しい人。顔はまあ、それなりならいい。自分でそう思っては打ち消した。私にはそんな資格などない。

昔から結婚願望がなかったわけではない。中学生のとき、映画で見た結婚式のシーンに憧れた。式を挙げるなら絶対に海外のチャペル。それも海が見える素敵な教会がいい。中学時代、紀子の家にあった結婚情報雑誌を見ながら、語り合った儚《はかな》い夢。

あの事件が全てを壊した。兄が結婚するまで自分も結婚しない。自分だけ幸せにはならない。そう決めた心を兄には見抜かれた。結婚できなかったら愛理の子どもを一人もらう。そしてみんなで暮らす。兄はそう言った。あれはどこまで本気だったのか。

そんな気持ちが変わったのは翔平と出会ったからだ。翔平は自分にとって理想の、いや、それ以上の相手だった。会うたび好きになった。この人と結婚して、この人の子どもを産みたい。心からそう願った。翔平と会ったことで真実の愛を知った。本当によかった。心からそう思う。

エレベータが披露宴会場のある二階に着いた。愛理は花嫁控え室に入り、腰を下ろした。鏡に映った顔が青ざめている。

愛理、と呼ぶ声に気づいて振り向いた。立っていたのは伯父夫婦だった。

「お父さん、お母さん。今まで育てていただき、本当にありがとうございました」

愛理は深々と頭を下げた。二人はすでに涙ぐんでいる。いくつか言葉を交わすと、スタッフに促されて二人は部屋を出て行った。

入れ替わるように、友永と天木が入って来た。着ている服はレンタル品だが二人ともすごく似合っている。

「愛理さんすごくきれい」

「ありがとうございます。お二人のおかげです」

「そんなことない。あなたは幸せになる資格がある。もう呪われた女なんて思わないで。これからは日の当たる道をしっかりと歩いて行きなさい」

友永は振り返って天木を見た。天木が頷いた。

「辛く苦しい道を歩いて来たあなたは、きっと誰よりも優しくなれる。今日からがあなたの本当の人生です。これからは胸を張って生きてください」

力が抜けて崩れそうになる。口を押えて頭を下げた。メイクが崩れるわよ。慌てて言った友永は天木の腕を取り、手を振りながら出て行った。

愛理は一人部屋に残った。唐突に訪れた静寂に胸が潰されそうになる。

ドアがノックされた。式場のスタッフだ。

「愛理さん、そろそろお願いします」

廊下に出ると照れたような顔で立つ伯父、今は養父がいた。その腕を取り、披露宴会場のドア『サンドリヨンの扉』の前に立った。通れるのは挙式当日の花嫁だけ。くぐった者は必ず幸せになるという幸せの扉。サンドリヨンとはフランス語読みだ。ドイツ語ならアッシェンプッテル。そして英語ではシンデレラだ。

数百年の歴史を持つという白亜の門が聳《そび》えている。黒ずんだシミは歴史の重みにも、血の跡にも見える。扉の上に鎮座するのは賢者の顔。老人にも若者にも見える不思議な顔。怒っているのか、泣いているのか、笑っているのかもわからない複雑な表情だ。

人生、禍福は糾える縄の如し。他人から楽しそうに見えても心の中で泣いていることもある。喜び、悲しみ、怒り、欲、虚栄心。様々な感情を綯《な》い交ぜて人はできている。

ヴァイオリンとチェロ、ピアノの生演奏が始まり、オペラの歌声が響いた。曲はCon te partiro（コン・テ・パルティロ）、イタリアの歌手アンドレア・ボチェッリの歌だ。

タキシードに身を包み、歌っているのは兄だ。プロを手配していたが、兄が歌えて本当によかった。技術的には及ばずとも心が震えてくる。この曲はサラ・ブライトマンのTime to say goodbye（タイム・トゥ・セイ・グッバイ）として有名になるが、兄は原曲を歌っている。別れの歌ではなく旅立ちの歌だから。ありがとう。お兄ちゃん。

扉が開いた。眩いばかりの光の向こうに翔平が立っている。

照れと緊張が同居した真剣な表情。そのくせ、いい笑顔だ。愛理は足を踏み出した。

扉をくぐった瞬間、空気が変わった。

高野が莞爾《かんじ》と笑い、後任アナの今野は涙を流している。奇声を上げているのは山路だ。伊藤は千切れるばかりに手を振っている。首を回す。五城家の親戚だろう。心から歓迎してくれている顔だ。会場の一番奥のテーブルで手を振っているのは友永と天木だ。

みな私たちを祝福してくれている。そうだ。私は不幸なんかじゃない。私は三人の父と、母の愛情を受けてきた。三倍幸せにならなくてどうする。

愛理は最高の笑顔でにっこりと笑うと、翔平に向かって歩き始めた。

3

三月五日の月曜日、最後の捜査本部会議が始まった。

栗原渚の自宅を家宅捜索した結果、五城邸から消えた現金二千万円と郁子が使っていたプラダの白い長財布が見つかった。共犯を疑われた栗原は、勝手に車を使われたと必死で弁明した。会社から帰るとき、車内に現金と財布があることに気づいたという。事件を知りながらネコババしようとしたのは浅ましい限りだが、栗原の生きざまを考えればその程度の人間だと納得できる。

栗原の車の運転席から採取された毛が、郁子の愛猫トラのものであることが決め手となり、坂東の犯行であると認定された。

真田の供述通り、瑞希の遺体に付着していた微量の繊維屑が坂東の服のものと一致し、瑞希を殺害したのは坂東であることが明らかになった。二人とも亡くなっている以上、犯行動機は推測の域を出ないが、先に瑞希を殺害していることから、坂東が真田を襲ったのは二つの殺人を真田になすりつけるための咄嗟の犯行との見立てが濃厚となり、捜査員たちから異論は出なかった。真田は殺人ではなく、業務上過失致死傷で起訴されることになる。執行猶予を勝ち取ることができるか。今後それが最大の焦点となるが、職場や友人知人を始めとする世論も、判決に影響を与えるほどの盛り上がりを見せている。

一連の事件を起こしたきっかけは、愛理の同僚・田中綾香の妬みだった。その悪意が巡り巡って、これほどの惨事を引き起こした。嫉妬とは怖いものだとつくづく思う。他人に向けた悪意は消えることなく、人から人へと彷徨《さまよ》い続ける。それは発した者の身を滅ぼすまで消えない。十五年前の事件の発端もまた元同級生・狩野映子の妬みだった。

二度と浮かび上がれない人生を送る綾香と、信じていた藪田に裏切られた映子。亭主の手で絞殺された瑞希。因果応報で片づけるにはあまりに悲惨な結果だ。

真田はずっと五城ホテルに滞在していた。翔平は、自ら真田を匿うことを申し入れたと、捜査員たちに深く頭を下げて詫びた。肉親を切り捨てることはできなかった。そう語る翔平が犯人隠避容疑で起訴されることはおそらくないだろう。

会議が終わり捜査員たちは一斉に立ち上がり廊下に出て行く。友永は徳田に残るよう言われた。

なんだろう。徳田の隣には東雲管理官が座り、天木と貝山が立っている。何かやらかしたか。背筋を伸ばした。

「友永さん、大活躍でした」東雲が言った。「実は君に話があってね」

そう言うと、東雲は徳田を見た。徳田が言った。

「いささか遅いが、人事に一筆入れようと思う。お前、うちに来るか」

引き抜きだ。やった。ごくりと唾を飲み込む。

「言っておくが、やる気があるだけの奴なら要らない。頭がいいだけなのも、根性があるだけの奴も要らない。俺が欲しいのは、全部持っていて、仕事に命を懸けることができる奴だけだ。お前、できるか」

徳田は厳しい目で見ている。

「やらせていただければ、と思います」

「よし。決まった」

徳田は笑顔を見せた。そして東雲と顔を見合わせ頷いた。

「おたくの課長には私から話します。怠りなく引継ぎを行うように」東雲が言う。

「承知しました」頭を下げた。

「お前は今日からユキだ。天俊のことをよろしく頼むぞ」と徳田。

ユキ……。反芻する。

「あの、ユキというのは？」

「友永花紀。略して友紀だ」

そういうことか。でもこれって天木と同じだ。

貝山が首を振った。

「デキの悪い娘を嫁に出す気分だ。きっちりと仕込むつもりだったが途中で投げ出すことになるとはな」

背筋を伸ばして頭を下げる。「ご指導ありがとうございました」

照れたように口を尖らせた貝山は、天木を見て顎をしゃくった。

「不束者で恐縮だが後は頼むぞ」

天木は頷くと、わたしを見て大きく首を振った。

「猛獣が来るようなものだ。みな、戦々恐々としている」

「美人ですからね」

「全然関係ねえよ」

く、く、く、と笑う。

「お前、言っておくが、うちに来たら籠手は禁止だ。寸鉄もな」

「素手で日本刀相手には戦えない」

「だから戦うんじゃねえよ。素手で日本刀と戦う刑事がどこにいる」

「知らない」

つんと澄まして横を向く。四人が笑った。

エピローグ　光をくれた人

二人の刑事と再び会ったのは九月も末になった頃だった。

五城ホテルの最上階『ステーキ・竹に雀』の入り口に立ち愛理は待っていた。あの二人はどんな顔でやって来るだろう。正面のエレベータが開き、男女が歩き出した。天木と友永だ。天木はシックな黒いスーツ。友永はエンジのトップス。襟なしだ。下は濃紺のロングスカート。センスがいい。

愛理は、友永が怒っているのに気づいた。

「バッグを買ってやると言いながら二万円以内ってどういうことよ」歩きながら友永が言った。

「お前こそ、ご馳走しますなんて言っておきながら、今日は五城夫妻のご招待じゃねえか。ほんと油断も隙もない」

「男なら細かいことをぐだぐだ言わない」

「はあ?　ありえないぞ。それ」

真面目に挨拶しようと思ったが噴き出してしまった。怪訝そうな顔でこちらを見た友永が気づいて手を振った。愛理はその場で頭を下げた。

「お久しぶりです。天木さん。友永さん」

「愛理さんこそお久しぶり。元気だった？」友永が近寄ってきて、愛理の手を両手で包んだ。

「はい。おかげさまで」

友永は愛理の顔をじっと見ている。

「もう心配はいらないみたいね。いい表情をしている」

「ありがとうございます」

友永は愛理の全身を見た。

「着物がよく似合うわ。薄紅色が素敵。まるで若女将ね」

「やめてください。恥ずかしい」

言いながら友永の肩を叩く。ふふふ、と友永が笑った。

「それより、友永さん。どうかしたの？」

「それがね、聞いて愛理さん。ブランド品のバッグを買ってやると言いながら、この男、二万円以内なんて言うんですよ。ありえないと思いませんか」

「おま、愛理さんに言うなよ。恥ずかしいだろ」

天木は慌てて手を振っている。愛理は笑った。

案内したのは六人掛けの個室だ。奥に座っていた翔平が深々と頭を下げた。

堅苦しいのはよしましょう。天木はそう言って翔平と愛理を座らせた。シャンパンにするかと訊いたが友永はビールがいいという。すぐにグラスが四つ届く。

「お二人には大変お世話になりました」翔平が言ってグラスを掲げた。

先付《さきづけ》は雲丹《うに》と茄子と茸のゼリー掛けだ。一口で食べた友永は美味しいと言って頬を指でつついた。

ボーイがメインディッシュを訊きに来た。魚料理はオマール海老か宮城県産の活あわび。天木が、あわびを、友永はオマール海老を頼んだ。ステーキは、仙台牛のロースかヒレだ。どっちもいいな。友永が迷っていたので、翔平が両方を頼んだ。

「お前、やめろよ。恥ずかしいだろ」天木が小声で言うと、

「聞こえない」友永はそっぽを向いた。漫才さながらの軽妙なやり取りに、愛理も翔平も笑った。

友永は四月から捜査一課に異動になり、天木の部下になったという。

「使えない上司といると大変なんですよ」

「お前なあ、人様の前でそれを言うか」

天木が怒り、友永がそっぽを向いている。この二人といると本当に楽しい。

「お二人の、ご結婚はまだですか」

天木が口からビールを吹き出し、友永はにっこりと笑った。

「それより愛理さん。さっきから気になったんだけど訊いていい？」

友永は言いながら、自分のお腹の辺りを見ている。愛理は下腹部にそっと手を置いた。

「三か月なんです」

「よかったじゃない。おめでとう」

友永と天木に祝福され、愛理は嬉しくなった。

「実はシャンパンを用意してあるんです。開けてもよろしいですか」と翔平。

「ぜひ」天木が頷くと、翔平が合図して、ボーイがワインクーラーに冷えたシャンパンを入れて押してきた。友永が気づいた。

「真田さん」

兄が立ち止まり、深々と頭を下げた。

「お二人には大変お世話になりました」

「この店で働いているのですか?」

「はい。お恥ずかしながら」

「義兄さんには、とりあえず見習いで入ってもらいましたが、ゆくゆくはマネージャーとして仕切っていただきたいと思っています」

「よかった。よかったじゃない、愛理さん」

「ありがとうございます」

愛理は立ち上がると、友永の手を両手で握った。

「記念に写真を撮らせていただけませんか」

翔平が言いだし、愛理と友永が並んで座り、その後ろに翔平と天木が立った。愛理の隣には兄が立っている。カメラを手にしたスタッフに言われ、愛理は胸を張った。

私は呪われた女なんかじゃない。

やっとわかった。今までいろいろと言い訳を口にしたが、私は他人を恐れていただけだ。

私は一人じゃない。

愛理は唇をぎゅっと結ぶと、隣に座る友永の顔を見た。

強く、気高く、そして心の底から私のことを思ってくれた。彼女のような強くて優しい女性になろう。お腹に手をやる。自分を必要とする、か弱き者のためにも。

シェフが肉を焼き始め、席に戻った。

兄が友永の空いたグラスにシャンパンを注ぐと、友永は私に向けて乾杯の仕草をした。

「元気な赤ちゃんが生まれますように」

金色のグラスには、今まで見た中で一番強い女性《ひと》が映っている。

「友永さんが早く続きますように」

にっこりと笑うと、愛理はグラスを掲げた。


（了）

本作品はフィクションであり、登場人物・団体名等は全て架空のものです。実在する人物・団体とは一切関係ありません。

◎論創ノベルスの刊行に際して

本シリーズは、弊社の創業五〇周年を記念して公募した「論創ミステリ大賞」を発火点として刊行を開始するものである。

公募したのは広義の長編ミステリであった。実際に応募して下さった数は私たち選考委員会の予想を超え、内容も広範なジャンルに及んだ。数多くの作品群に囲まれながら、力ある書き手はまだまだ多いと改めて実感した。

私たちは物語の力を信じる者である。物語こそ人間の苦悩と歓喜を描き出し、人間の再生を肯定する力があるのではないか。世界的なパンデミックや政情不安に覆われている時代だからこそ、物語を通して人間の尊厳に立ち返る必要があるのではないか。

「論創ノベルス」と命名したのは、狭義のミステリだけではなく、広義の小説世界を受け入れる私たちの覚悟である。人間の物語に耽溺する喜びを再確認し、次なるステージに立つ覚悟である。作品の刊行に際しては野心的であること、面白いこと、感動できることを虚心に追い求めたい。

読者諸兄には新しい時代の新しい才能を共有していただきたいと切望し、刊行の辞に代える次第である。

二〇二二年一一月

高清水 涼（たかしみず・りょう）

仙台生まれ、仙台育ち。宮城県在住。東日本大震災時は災害対策本部の主管係長として奮闘。生まれ育った仙台、宮城への恩返し、都市の知名度とイメージを高める一助になりたいとの思いで数年前から執筆活動を開始。主に仙台を舞台とした作品の執筆に取り組んでいる。

サンドリヨンの扉《とびら》　〔**論創ノベルス010**〕

2024年3月4日　初版第1刷発行

著者	高清水 涼
発行者	森下紀夫
発行所	論創社

〒101-0051　東京都千代田区神田神保町2-23　北井ビル
tel. 03（3264）5254　fax. 03（3264）5232　https://ronso.co.jp
振替口座　00160-1-155266

装釘	宗利淳一
組版	桃青社
印刷・製本	中央精版印刷

ISBN978-4-8460-2371-3